カラスとの過ごし方

Modoru Asaoka
朝丘戻

CHARADE BUNKO

Illustration

麻生ミツ晃

CONTENTS

カラスとの過ごし方

CHARADE BUNKO

高校を卒業して大学へ進学してから二年と半年。

俺はバイト先のレンタルショップでカラスと再会した。

カラスの名前は槙野和隆《まきのかずたか》。高校時代の先輩だ。先輩は俺が入学したとき三年生で、一緒に過ごしたのはたったの一年間だったけど顔を見てはっとする程度には憶《おぼ》えていた。

俺たちは同じバスケ部で、先輩は部内の誰よりもバスケが上手かった。顧問の先生にも一目置かれていて試合には必ずでていた。とくに得意だったスリーポイントシュートの美しいフォームは、目を閉じれば細部まで思い描けるほど鮮明に記憶に残っている。でもいつもつまらなそうで、試合に勝っても喜ばないし、負けても悔しそうな顔をしなかった。仲間同士でじゃれ合うこともなく、猫背の長身でふらりときて、ふらりと帰る。顧問にキャプテンになれと指名されても『嫌です』の一言で断ったという噂《うわさ》があったような人だ。

のばしっぱなしの黒髪と、あまり言葉を発しない唇。かかとを踏みつぶした靴に、左腕に通した天然石の数珠《じゅず》。当時からなぜか気になる奇妙な人物だった。そのぼさぼさの黒髪と雰囲気に、俺は心のなかでカラスと名づけた。

だからバイト先の店内で見つけたときも、その容姿を一目見て、カラス、と思った。

先輩はまったく気がついていないようすだったけど、俺がついい、

「槙野先輩」

と呟《つぶや》いてしまったせいで、彼も首を傾《かし》げて訝《いぶか》しげに振りむいた。

「あ、すみません。俺、貴方《あなた》の後輩なんです。高校の、バスケ部で。先輩は憶えてないでしょうけど……」

俺が後頭部を掻《か》いて……ばかだった、こんなまともに会話したこともない人に声かけてどうするんだよ、と後悔していたら、先輩は俺の声など聞こえていなかったかのように、

「……明るくなれるビデオ、教えて」

と言った。

槙野先輩が笑った顔を、俺は見たことがない。困ったものの客の頼みを断れるはずもなく、自分が観《み》て楽しかったビデオを紹介して「嫌だ」と言われるたびに次の作品を探し続けた。笑顔で丁寧に接客しつつ、こんなに我儘《わがまま》な人だったのか、と胸のうちで愚痴る。

結局三十分近く付き合ってやっと気に入ってくれたのは『天使にラブソングを』だ。レジへむかう先輩の猫背のうしろでこっそり溜息《ためいき》をついたら、彼は急に立ちどまって俺を見た。

「名前、なに」

「あ、加藤《かとう》です。加藤幸一《こういち》」

「そう……憶えてないな」

「あはは。俺バスケ下手だったし存在感薄い奴だったんで、当然だと思います」

軽い口調でこたえて愛想笑いする俺を、先輩は眠そうな目でじっと凝視していた。

「そんなに困った顔するなよ。悪かったな、迷惑かけて」

「え」

なんでわかった……？　俺、笑ってたのに。

「わかるよ。〝我が儘な奴だ〟って苛《いら》ついてただろ」

「先輩、あの、」

「もう声かけないよ、加藤」

カラスは頭がいいという。ゴミをあさるカラスは、人間がどんな罠《わな》をはっても上手くかいくぐる。一度失敗したことは二度としない。まるで人間の心を読むかのように。

「先輩」

手に持ったビデオに視線を落としていた先輩が、いま一度俺を見返して目を眇《すが》めた。およそ覇気のない不抜けた風体なのに、黒い眼球には他人の深層を暴くような鋭利さがある。

おまえ、俺のこと嫌いだろ？　……そう言われているのかと思った。


――あれから数ヶ月。俺はいま、なぜかこのカラスと暮らしている。

透明な彼女と孤独なカラス

大学の食堂でカップジュースを買うと、久美《ひさみ》のことを思い出す。

松山《まつやま》久美。付き合い始めて一年半になる俺の恋人だ。

振りむくと、人ごみのむこうにテーブルの上で俯《うつぶ》せている久美がいた。俺は自動販売機のなかでできあがったアイスティーをとって久美の元へむかう。

久美の正面の椅子《いす》に腰かけて隣の席に荷物を置いていたら、彼女は俯せたまま左をむいて、

「……幸ちゃん。こういうの、いつまで続くのかな」

と不機嫌そうに呟いた。

「こういうのって?」

「言わなくてもわかってるくせに……」

手元のアイスティーに視線を落としてひとくち飲む。久美のショートボブの髪が綺麗《きれい》な流れを描いて広がっているようすを眺めつつ、ぼんやり自己嫌悪した。……とうとうこの日がきたか。

「ごめんね」

久美とはこの食堂で出会った。

二台ある自動販売機の前へ同時に立ち、互いに右の人差し指を上げて同じタイミングでボタンを押した同じレモンスカッシュ。それが始まりだ。かたんと落ちてきたカップにジュースが注ぎ終わるまで、俺たちは無言で見つめ合っていた。

身長が低くて小柄だけど、大きな瞳《ひとみ》が力強くて魅力的な女の子、というのが第一印象。

俺が恥ずかしいような居心地の悪いような妙な気持ちでかたまっていたら、彼女は無表情のまま視線を外してできあがったジュースをとり、去ってしまった。

すると数日後、友人の泉水《いずみ》が突然俺の家へ『友だち紹介するよ』と、久美を連れてきた。

ひとり暮らしの俺の家には友だちがよくやってくる。そのうち久美も気軽に出入りするようになった。けど、あの日の話はしなかった。

やがて親しくなるにつれ、久美はレモンスカッシュが異常に好きなのだと知った。俺の家へ持ってくるのも、外食時に注文するのも、すべてレモンスカッシュ。炭酸飲料ばかりよく飲めるなあと感心した。俺はごくたまに、気がむいたときしか飲まないから――。

目の前で俯せている久美はまだ動かない。俺はアイスティーのカップを置いて左手で久美の髪を撫《な》でた。手を退《ど》けて拒絶されるかと思いきや、彼女は黙って受け入れる。

「久美、怒ってるの」

声をかけると、久美ははっきりした口調でこたえた。

「わたし、幸ちゃんのうちに何日行ってないと思う?」

……何日。どうしよう。具体的な日数は憶えてないな。

「えー……と。二ヶ月ぐらいかな」

適当に返したら、久美はがばっと身体《からだ》を起こして、

「九十日!」

と怒鳴った。

「幸ちゃんがあの先輩と再会したのが去年の十月九日。同居を始めたのが十一月二十一日。今日は二月十八日。つまりちょうど九十日!」

「数えてたんだね……」

「わたしは幸ちゃんのストーカーだもん」

「うん、愛を感じる」

苦笑したら、久美は唇を尖《とが》らせてまたテーブルに突っ伏してしまった。

久美の横には今日もレモンスカッシュのカップがある。俺はもう一度久美の髪に手をのせてそっと撫でながら、窓の外に広がる中庭の木々を眺めた。

友だちだった久美と付き合い始めたのもレモンスカッシュがきっかけだ。

あるときちょっとした連絡の行き違いで、俺は久美と遊ぶ約束をしていた日にべつの女友

だちとでかけてしまった。久美とはすぐに連絡がとれなくなり途方に暮れた。そして、謝らないと、と焦っていた矢先、この食堂の自販機の前で再び会ったのだ。

久美が横に立った瞬間、俺はレモンスカッシュを買おうと決めた。ふたりで飲みながら仲直りしたいと思った。なのに久美はレモンスカッシュのボタンの上に置いた指を、ふいと移動させて日本茶を買った。

怒っているんだ、と直感した俺は、久美がお茶をとって去ろうとしたのと同時に肩を摑《つか》んで引きとめた。

振りむいた久美はいまにも泣きだしそうな顔でそっぽをむき、

『……幸ちゃんが欲しい』

と呟いた。——欲しい。胸が破裂するほど衝撃的な告白をもらったのは、初めてだった。

ぼうっと過去を回想していた俺の耳に、ふぅ、ふぅ、となにやら変な音が掠《かす》める。ハテと見おろすと、久美が二十センチぐらい離れたところにあるストローの包み紙に息を吹きかけていた。ふらふら揺れている縮れた包み紙。

「なにしてるの」

「落とすの」

「下に?」

「うん」

俺はまた笑って、久美がどうしたら機嫌をなおしてくれるかなあと考えた。

先輩がうちへきてから九十日か。約三ヶ月。……そうだな、確かにそれぐらい経《た》ってる。

久美とは去年まで半同棲《はんどうせい》していたから、俺が講義やバイトを終えて家に帰ると久美が夕飯を作って待っていてくれたり、久美が『ただいま』と帰ってきて俺が『おかえり』と迎えたりするのも、ごく自然な日常になっていた。

バランスが崩れたのは槇野先輩の一言。

『俺、家賃滞納してるから来月からホームレスなんだ。格好いいでしょ』

あの人にそう自慢された日、久美とのささやかな半同棲生活は終わった。

大学で会って、お互い時間があればそのままでかけて、『エッチしよう』という流れになったらホテルへ行く。でも所詮《しょせん》貧乏学生なのでそうそう何度もホテルへは行けないしショッピングや外食も続かず、最近は会う回数が減って電話ばかりになっていた。

いつか久美が怒るだろうと予想していた。それが今日だったのだ。

反省して謝罪の言葉を探していると、久美はストローの包み紙がテーブルの下に落ちた途端突然椅子から立ち上がって、

「ハイ、やきもち作戦終了！」

と、きりりとした。俺が驚いて目を瞬《まばた》いている間《ま》に、荷物を持って出入りぐちへむかう。

「えっ。い、行くのっ？」

焦って追いかける俺をよそに、久美は、

「今日はちょっとぐずぐず言う女を演じてみた」

なんてけろりと言う。

「演技だったの？」

「うん」

「全部？」

「半分」

こういう瞬間、俺は堪《たま》らなく久美が恋しくなる。

衝動のままうしろから抱き締めたら、腕のなかで久美がもがいた。

「痴漢！　痴漢がいます！」

「痴漢です」

囁《ささや》いて、折れそうなほど華奢《きやしや》な身体をさらに抱き竦《すく》める。

去年の冬の雨の日に、久美は傘もささずに泣きながら俺の家まできて、

『雨が怖いの』

と叫んだことがある。顔を伝う雨と涙を拭《ぬぐ》いもせずにびしょ濡《ぬ》れのまま玄関先でわんわん泣いた。彼女の胸に秘められた痛みが、冷えた身体の底で疼《うず》いているのを感じた。

この子を守り続けよう、と強く想《おも》ったあのときのことを忘れた日はない。

久美は抵抗するのをやめた。

「……痴漢は痴漢って言わないよ。正直な痴漢ですね」

「正直な、貴方だけの痴漢ですよ」

微笑《ほほえ》んで唇を寄せ、俺は彼女の唇にキスをする。

久美は重たいことや汚いことを言いたがらない。『わたしは綺麗なのがいい。透明でいたいの』とくち癖のように繰り返すのだが、他人の悪ぐちも言わないし、嫉妬《しっと》などもあまり表にださない。だから俺は久美の傷を見過ごさないようにしなければいけなかった。久美が雨になど泣かないよう、真摯《しんし》に誠実に注意深く愛し続ける必要があったのだ。

往来でキスを始めた俺たちに視線が集まっていたけど、俺も久美も気にせずに、唇を離したあとも見つめ合っていた。まっすぐ俺を見上げる久美の湿った唇に髪がついていて、それを親指でよけてやって謝る。

「寂しがらせてごめんね。俺、槇野先輩も久美と同じように辛《つら》いことを秘めるタイプな気がして、ついかまいたくなるんだよ。どうしても放っておけないんだ」

揺れる久美の瞳に、俺は心をこめて訴えた。

「でももちろん久美のことも大事に想《おも》ってるよ。久美の痛み、ちゃんともらうね」

久美は嬉《うれ》しそうに満面の笑みを広げたのだった。

「幸ちゃんのそういうところが好き」

帰り道、久美の言葉を反芻《はんすう》した。

——幸ちゃんがあの先輩と再会したのが去年の十月九日。同居を始めたのが、十一月二十一日。今日は二月十八日。つまりちょうど九十日。——

俺は先輩とまともに会話をするようになって一ヶ月ちょっとで同居し始めたのか。衝動的に行動しすぎて日数すら把握していない自分に呆《あき》れた。でも、ホームレスになるんだ、と得意げに言い放ったりする変人を、どうして放っておけるだろう。

大学生のひとり暮らしは決して豊かとは言えないけれど先輩だけならなんとか養えるし、二階建てアパートの1DKも、木造で隙間風《すきまかぜ》が酷《ひど》いのを除けばなんら不便はない。

「ただいま」

室内は真っ暗で、玄関で靴をぬぎながら声を投げても返事はなかった。気配を感じさせないなんて相変わらず人間らしくない人だな、と後頭部を掻きつつ奥へ移動する。

部屋は入ってすぐ右側にキッチンと中央にダイニング、奥に八畳の一室がある。冷蔵庫からパックのアップルティーをとって自室へ行き、電気をつけると、右のベッドの隅に布団を被《かぶ》って体育座りしている先輩が現れた。

「わっ、驚いた。貴方、幽霊ですか……」

一瞬身がまえたあと、げんなりして鞄《かばん》を下ろす。

「……幸一、腹減った」

いまにも死にそうな、か細い声。「飲みますか」とアップルティーを差しだすも、不服そうに頭を振って断られた。しかたなくパックにストローをさして飲みながら問いかける。

「ピザでもとりますか？」

「油っこいのは嫌だ」

「じゃあ、そばとかうどんとか寿司とか」

「この時間じゃ、もう店やってないよ」

「ならなにか作りましょう」

「食材ほとんど腐ってる」

「あ、そうか。買い物に行ってくれればよかったのに……生活費は残ってるでしょ？」

「外寒い」

この人は……っ。

「先輩。俺いま帰ってきたところなんですよ」

「彼女と会ってたの」

「なにか買ってこいって言いたかったなら連絡してくださいよ」

「彼女と会ってたの」

「俺、携帯電話持ってるんですから」

「彼女とセックスしてたの」

「おい、聞いてるのかっ」

近づいて先輩の頭を叩《たた》くと、彼はそのままかくんと俯《うつむ》いた。……なぜ貴方に久美との床事情を報告しなければならないんだ。

「疲れて帰ってきてるのに、途端にパシリやらされる身にもなってください」

「疲れたんだ……」

「バイトです」

「……セックスじゃないんだ」

「俺をどうしたいんですか貴方は」

項垂《うなだ》れて再びアップルティーを飲んでいると、俺の手元をじっと見ていた先輩が、

「飲む」

と言った。アップルティーのことか？

「飲まないんでしょう？」

「飲む」

観念してパックを渡したら、ストローをそっとくちに咥《くわ》える。両手で大事そうにパックを持って音も立てずに吸飲する姿はどことなく動物的だ。カラス。俺は心のなかで呟く。

「……ったく。じゃあコンビニ行くからなに食べたいか言ってください、ほら」

訊《たず》ねてベッドに腰かけた。ぴくりと反応した先輩はストローから唇を離して俯き加減のまま視線を横に流す。一分、二分……微動だにせず思考するようすも人間的とは言い難い。

「……美味《おい》しいもの」

「ご飯もの？　それともパン系？」

「幸一」

「真面目《まじめ》にこたえないと買ってきてあげませんよ」

「ご飯」

「了解です。先輩が好きなシーチキンとおかかのおにぎりを買ってきますね。飲み物は？」

「これでいい」

しれっとアップルティーをかかげる。さっき飲みたくないって言ったのにっ。

先輩の奔放さが恨めしいものの、責めても無駄なのは九十日の付き合いで学習済みだ。溜息ひとつで流して外出する準備をしようとしたら、彼がまた俯いてぼそりと洩《も》らした。

「……そんなに怒るなよ」

ぞく、と背筋に悪寒が走る。――俺がこの人に捕らわれてやまない理由がこれだった。相手の些細《ささい》な態度から本心を見透かしてしまう繊細さ。彼の目には人間の愚かささえ明瞭《めいりよう》にうつっているらしい。普段から無気力で生きることに無頓着《むとんちやく》なのも、見たくないものまで

pple Tea

見えすぎて人間に絶望しているからだろうか。高校の頃からひとりで、まるで他人を遠ざけるように佇《たたず》んでいた先輩。そして俺はまた、頭がよくて酷く孤独なカラスを連想する。

「……本気で怒っているわけじゃありません。どちらかというと困ったんですよ」

再会した日もそうだったな、と懐かしく思いつつ鞄から携帯電話をだしてジーンズの尻ポケットに押しこんだら、先輩ものそりとベッドをおりてきて俺の横に立った。猫背なのに俺より頭半分背が高い。見上げると目の前には虚《うつ》ろな黒い瞳。

「それじゃ行ってきますね」

「一緒に行く」

くっ……外出するのが嫌だったんじゃないのかよ！

思わず先輩の頬《ほお》をつねったけど、無表情の先輩から感情を読みとる洞察力など俺にはない。たとえ辛かろうとすこしは貴方みたいに他人の心が読みたいもんですよ、と愚痴りたいのをなんとか堪えて息をつく。

「……行きますよ。夜は寒いから、マフラーしなさいね」

先輩はこくりと頷《うなず》いて、床に落ちていたマフラーを拾った。

コンビニは徒歩十分の距離にある。先輩と一緒に俺もおにぎりを選んだら、不思議そうな顔をされた。

「幸一は外で食べてきたんじゃないの」

疑問調でも声に抑揚がないので、物憂げな呟きのように響く。

「食事はひとりじゃ寂しいでしょ。ちょうど小腹がすいてきたところだし俺も食べますよ」

先輩の無表情がわずかに綻《ほころ》んだ。こういうとき彼の奥に秘められた寂寥《せきりょう》を予感する。

家に帰ると狭い部屋でちいさなテーブルを囲み、ふたりで食事した。

先輩はもともと小食だ。そのくせお菓子を大量に買う。おまけが大好きで、新作の食玩を見つけたら必ず手にとるし、ジュースについているおまけは気に入れば絶対離さない。でもおまけが欲しいだけなので彼が嫌いな味のジュースは俺が飲むことになるうえに、食玩はひとつ三百円から五百円もする。ちなみに先輩は働いていない。

俺は正面でシーチキンのおにぎりを頬張る先輩を観察した。空虚な眼差《まなざ》しで先程買ってきたジュースのおまけを眺めている。アニメのフィギュアみたいだ。

「そのアニメキャラ、なんて名前なんですか」

「知らない」

「知らないのに買ったんですか」

「可愛《かわい》いから」

……ふむ。

先輩は大学を卒業後、無職でふらふらし続けてアパートの家賃を滞納した挙げ句、強制退去させられた人だ。同居を始めてから俺は昔愛用していた古い財布に常に一万弱の生活費を入れて渡してある。無論〝働いて家賃をシェアしろ〟などと無駄に尻を叩くつもりはなかったが、彼の将来が心配ではあった。

俺が『これからどうするんですか』と訊《き》いても『風まかせ』とこたえる。『いつまでここにいるんですか』と訊くと『追いだされるまで』とあたり前のように言う。先輩はどこまでも自由で危なっかしい。

おにぎりを咀嚼《そしゃく》しながらフィギュアを裏返す先輩の前髪が、目元で揺れた。

「先輩、そろそろ髪を切りに行った方がいいんじゃないですか？　ぼさぼさですよ」

「金ない」

「生活費遣っていいですから。それじゃ本当にホームレスみたいですよ」

「幸一はいつも俺をホームレスから遠ざける」

「切りたくないならいいですけど」

「俺が髪を切ったら、どう思う」

「かなりすっきりすると思います」

「幸一はどんな髪型が好き」

「さっぱりした髪型です」

「いまは嫌いなの」

「俺は髪型で人を判断しません」

先輩が顔をくしゃりと歪《ゆが》めて、俺は噴きだした。

「……先輩は男前だから、どんな髪型も似合うんじゃないですか」

正直に褒めてあげたら、今度は背筋をのばして唇をくいとあげ、ご機嫌そうな顔になる。

「しかたないから切りに行く」

しかたない、か。やれやれと苦笑して、先輩の唇についた米粒をとってあげた。

食事を終えてジュースで口内を潤すと、俺は「じゃあ風呂に入ります」と立ち上がった。先輩は黙っておかかのおにぎりを袋からだしている。ウンでもスンでもない。夢中になっているとなにも耳に入らないのか。

浴室へ移動したら一日の疲れがどっとのしかかってきて、肩を揉《も》みながらシャツのボタンを外した。

……たまに、自分は残酷な人間だなと思う。先輩のためを思うなら甘やかし続けるべきじゃないし、この状況を久美が哀《かな》しんでいるのもわかっているのに、先輩を見捨てられないからだ。

こんなのは単なる自己満足だと自分を責めても、浮世離れした先輩から孤独な影を見てとるたびに、まだ目の届くところにいてほしいと願ってしまう。せめて恋人でもつくって人生に執着してくれたらいいんだけど、携帯電話を持っていないから交友関係は謎《なぞ》、ひとりで外出している気配もない。だいたい、先輩みたいに他人の欲を根こそぎ見透かしてしまう人のお眼鏡《めがね》にかなう子がいるのかどうか……。

服を脱ぐと、項垂れて風呂へ入った。浴槽の蓋《ふた》を開けてみたら湯が浴槽の縁までなみなみと足されていてまたもやがっくりくる。まったくあの人は……。

「先輩、何度言ったらわかるんですかっ。風呂の湯をめいっぱい入れないでくださいっていつも叱《しか》ってるでしょう！」

ドアを開けて怒鳴った。

これは先輩の癖だ。初めてうちへ泊まった日からなにを思ってか風呂の湯を溢《あふ》れるほど入れる。節約節電と神経質に責めたくないけど、無駄遣いはさけたいじゃないか。

まえに『なんでこんなことするんですか？』と問いただしたら、

『寒いから』

と言われた。……意味がわからない。

俺の声が聞こえたのかどうなのか、結局先輩からの返事はなかった。

雨に濡れたカラス

深夜、妙に寒くて震えた瞬間目を覚ました。……暗い部屋の天井が見える。机のデジタル時計を確認したら午前三時。横をむくと、先輩が俺に背をむけて身体に布団をぐるぐる巻いた芋虫《いもむし》じみた格好で眠っていた。

今夜これで三度目だ。いい加減腹が立ってきた。

「……先輩」

起きあがって呼ぶが、動かない。肩を揺らしてみても無反応。この人は眠りが異常に深くて、何度呼ぼうと揺すろうと簡単には起きないのだ。

「俺のぶんまで布団とらないでください。毎晩言ってるじゃないですか」

声を荒げて話しかけても変化なし。ならば、と先輩から布団を強引に引っぺがして互いの身体にかかるよう整えたあと、再び横になった。

「さむい……」

ぼそりと呟いた先輩が、すぐに布団を引き上げる。足が布団から飛びだして冷気に触れ、俺は思わずうぐっと身を竦めた。

先輩は足を曲げて布団に埋もれて眠るから、大の字になって寝る俺とは相性が合わない。でもベッドも布団も一組しかないので、一緒に寝るしかない。

ああもうっ、と俺も縮こまると、自棄《やけ》になって目をぎゅっと瞑《つぶ》ったのだった。


翌朝、朝食中に訊いてみた。

「先輩はどうしてあんな寝方をするんですか」

返答は、

「寒いから」

これだ。目の前でパンを齧《かじ》っている先輩は、わかるでしょ、と言わんばかりの涼しい顔をしている。

「先輩。風呂の湯をぱんぱんにためるのも寒いからだって言いましたね。どれだけ寒がりなんですか。俺よりでかい図体して」

「寒いのと身体の大きさは関係ない」

この得意げな物言い。……やれやれだ。

「じゃあ夏場はどうなんですか。布団も風呂も、肩まで隠さなくて平気なんですか?」

「風呂はシャワーだけの日もあるけど、布団はタオルケットを被る」

「それじゃ同じじゃないですか」

「クーラー次第でタオルケットも被らなくなるよ」

つまりクーラーが真冬なみにきいていれば寒いってことか。

俺のこともすこしは考えてくださいと頼みたかったが、無駄な足掻《あが》きだと思ってやめた。いつも通り溜息をひとつこぼして諦《あきら》める。

「そうですか、わかりましたよ」

俺はどうも先輩を諌《いさ》めるってことができない。正反対の価値観を持っている者同士が同居するなら双方が歩み寄るべきだと思うのに、ズレを知るにつけ自ら折れる方を選んでしまう。ほとんど本能的に。

正面で、先輩は罪悪の欠片《かけら》もなくパンを頬張っている。……そのパンだって俺が三日まえに買ってきたんですよ。ねえ。わかってます？　無表情で齧るんじゃなくてせめてもうちょっと美味しそうにしなさいよ。……と、ねちねち言えたらいいのに。

俺はこの人をそこそこ見下しているので、年上だからって理由で逆らえないわけでもない。見下して叱って、でも得意げに反論されて、負ける。悔しいけど、たぶんこれが俺たちにとってもっとも心地《ここち》いい関係なのだ。

「先輩、俺、今日は帰りが遅くなりますよ」

「デート？」

俺がでかけると言うと、先輩は真っ先に久美と絡める。事実、バイトのあと久美と夕飯の約束をしているんだけど。

「いいでしょ、誰と会っても」

「デート？」

「昨日みたいに食べ物に困ったら電話ください。帰りに買ってきますから」

「彼女とご飯食べるの？」

このカラスめ。そんなに男女交際に興味津々か、と目を細めて侮蔑《ぶべつ》してみせるが、当人には冷やかす素振りもなく、咀嚼するくちをとめて俺の返答を待っている。

「先輩は彼女とかいないんですか」

反撃したら、鼻の周囲にくしゃっとしわを寄せて不愉快そうな顔をされた。

「……ああ、いや、はい。いまはいないってわかってますけど昔はどうだったのかなって」

訂正すると、次は視線を流して思考の仕草をする。

「……よく、わからない」

「わからない？」

「どうしてそんなこと訊くんだよ」

「興味があったんです。貴方が好きになるのはどんな子なのか」

「幸一の彼女は不思議な子だよね」

「俺の話に擦りかえないでくださいよ。ずるいな、教えてくれたっていいじゃないですか」

「興味とか言われるのが嫌だ」

「貴方が俺にいちいちデートかセックスかって訊いてくるのは興味じゃないんですか」

先輩はむっとくちを引き結んだ。沈黙して、テーブルの隅にある醤油《しょうゆ》の瓶を睨《にら》みつける。

……怒らせたみたいだ。

恋愛話が嫌いなのかな。あ。もしかして誰とも付き合った経験がないとか？

「ごめんなさい、先輩」

高校のバスケ部内でも校舎でも、どこで見かけてもこの人は大抵ひとりだった。友だちしい連れもいなければ、女の子なんて寄せつける隙すらない。でも、

「先輩は人付き合いが苦手みたいですけど、そういう一匹狼《おおかみ》なところが硬派で格好よかったから、女の子なら放っておかないんだろうなって思ってたんですよ」

モテるタイプだ、と勝手に信じていた。容姿も悪くないし謎めいた男っていうのは好奇心をくすぐるから。過去の恋愛を探ろうとしたのも悪気はなかったのだ。

「傷つけたならすみません」

頭を下げたら、先輩は目をまるめた。

「幸一は俺のこと格好いいと思ってたの」

「え……まあ」

黒い眼球がまんじりと俺を捉《とら》える。一ミリも動かない。瞬きさえしない。そこまで強烈な賛辞をくち走ったつもりは、ないんだけど……。

そのうち羞恥《しゅうち》に耐えかねて視線をそらしたら、先輩はくちの端をくいと上げて嬉しそうに笑った。


夜バイトが終わってから久美とファミレスへ行った。

メニューを開いて料理を選び始めると、優柔不断な久美は必ずみっつぐらい気に入って、ひとつに絞るまでに長いあいだ唸《うな》り続ける。さっさと決めてしまう俺は久美が何度も同じページを行き来して悩むのを笑って眺めつつ、おしぼりで手を拭《ふ》いた。

このファミレスは俺のバイト先と久美の家の中間にあるからよくくる。今日久美は大学もバイトもなかったせいか、長袖《ながそで》シャツにジーンズのラフな格好をしていた。シャツには不細工なパンダのイラストがプリントされていて、これが可愛いのかどうかは微妙なんだけど、可愛いと思う久美は好きだ。

やっと料理を注文すると、俺たちはドリンクバーでそれぞれ紅茶とレモンスカッシュをとってきて一日の報告をしあった。久美は朝起きてからいままでなにをしてなにを思ったかを説明して、「幸ちゃんは?」とバトンタッチする。下手したら事務的にさえ感じられるこんなやりとりでお互いの空白の時間を埋め合うのは、重要な〝仕事〟っぽくもあった。

と言っても俺の日常にはさしたる変化もなく、報告できる事柄といえばバイト先の面白ハプニングか先輩の奇行ぐらい。それで、例の風呂と布団の話をしてみた。

「――おかしな人でしょ」

俺が説明を終えても、久美はストローを咥えたまま上目づかいで俺を見つめていた。グラスの中身は減り続ける。淡く濁った炭酸飲料の、レモンスカッシュ……半分以上減ったところで喉《のど》がむずっとして俺が身震いしたら、久美はストローから唇を離した。

「寂しいのかもよ、幸ちゃんの先輩」

「え……？　いまなんて？」

「寂しいのかも。先輩」

……さびしい。寂しい？

聞いた単語をばらばらに砕いて再度並べて、それでも合点がいかずに混乱する。

「寂しいってなに？」

湯船の湯をたっぷたぷにしたり布団を被ったりする行動のどこが寂しさに繋《つな》がるんだ？

「幸ちゃん、先輩を居候させてるのは放っておけないからだって言ったでしょ。辛いことを秘めてそうだからって」

「言ったよ」

「なら訊いてみなよ。寂しいんですかって」

「寂しい……の、かな？」

俺が尚も困惑していたら、久美は溜息をついて視線を落とし、ぽつりぽつりと続けた。

「……抱き締められるのって、布団に包まれてるみたいでしょ。他人の身体って、お風呂のお湯みたいに温かいでしょ」

レモンスカッシュの泡がグラスの底からふつふつ浮き上がる。……はっ、と我に返った。なるほどそうか。包まれたい、温められたい、っていう感情の表れなのか。

確かに冬になると〝人肌恋しい〟と嘆いたりする。秋から葉を落とし始めて枝だけになった木々に囲まれながら、透徹した風に冷やされるときのあの孤独感。俺だって時折急に心細くなって、世間から置いてけぼりをくったような心持ちになった。流れについて行けてない、自分はひとりだ、誰かと会ってぱーっと遊びたい、なんて。

「そうだな、なんとなくわかった気がする。ありがとう、久美。久美はすごいなー……」

久美はストローの袋をとると、しわをのばして一センチぐらいずつ細かく千切り始めた。細まる久美の瞳と山になる紙くずが、次第に不穏な雰囲気を醸しだしてくる。

「久美……？」

「わかるって、どういうことだと思う」

「わかる？」

「幸ちゃんが先輩の気持ちわからなかったのは、どうしてだと思う」

どうしてって、そんなの……。

「俺が先輩をよく理解していないから、かな」

「わたしは幸ちゃんの先輩と一度も話したことがないよ。わたしの方が知らないよ」

「久美、」

「なんにもなんにも知らないよ。全然全然知らないよ」

わかるということ。まともに話したこともない先輩の気持ちを久美が見抜けたこと。要は、久美にあって俺にないものがあるってことだろうか？

「幸ちゃん、最近泉水君たちと遊んでる？」

「え？　いや、たまに大学で会って話すぐらいだよ。先輩がきてから友だちみんなうちにくるのを遠慮してくれてるから」

「バイト仲間の子たちは？　まえは仕事終わってからよくカラオケとか行ってたよね」

「誘ってくれるけど断ってる。先輩がいるし、あの人夕飯食べずに俺が帰るのを待ってたりするからさ、心配で……、」

久美が俺を睨んで逃げ場を塞《ふさ》ぐようなかたい表情をしている。焦った俺は「はは」と苦笑を洩らして場を和ませようとした。久美の詰問の意図がさっぱりわからなかった。

「幸ちゃん」

呼ばれて、反射的に姿勢を正して「はい」と返事をする。

「今日、エッチしよう」

そのときちょうどウェイトレスが料理を運んできて、俺は真っ赤になって慌てた。

「ば、ばかっ」


帰路につく頃には深夜になっていた。足元を見下ろして歩きながら、布団や風呂に温《ぬく》もりを求めるほどの寂しさか、と考える。

冬の物悲しさのように、人の感情を刺激するものはある。

たとえば朝と夜。

晴れと雨。

もし先輩がそんな季節や天候の変化にさえ人間と対峙《たいじ》するときのあの敏感さで揺さぶられるなら、生き辛いなんてものじゃなさそうだ。夜の闇《やみ》にだって圧《お》し潰《つぶ》されるんじゃなかろうか。あの人の繊細さはある種の病気に近い。あんなに大きな身体をしているのに内面はこちらが不安になるほど脆弱《ぜいじゃく》で、踏めば容易《たやす》く折れる小枝みたいな人。

暗くひっそりした道の先で、コンビニが煌々《こうこう》と照っている。ふと思い立ち、俺は昨日先輩が美味しそうに飲んでいたパックのアップルティーを買った。

それにしても、久美はなにが言いたかったんだろう?

——わかるって、どういうことだと思う。

久美は他人を慮《おもんぱか》れる人間で、俺は鈍感ってことじゃないのかな。鈍感だから、他にもっと重要ななにかを見過ごしているんだろうか。

「帰りました」

家に着くと室内は今日も真っ暗だった。部屋へ行って灯《あか》りをつけたら、昨日と同じようにベッドの上で布団を被って膝《ひざ》を抱えた先輩がいる。

「寒いんですか?」

鞄を下ろして訊ねると、先輩は頭を振った。

「違う」

「あれ、今日は寒くないんですか」

「恥ずかしい」

「恥ずかしい?」

また謎発言がきた。久美のおかげでこたえがでたから寒いと言われたら〝寂しいんですか〟と訊ねてみるつもりでいたのに、理解不能な単語がさらに追加されたぞ。

「えーと……あ、そうそう。アップルティー飲みますか?」

買ってきたアップルティー入りのコンビニ袋を差しだしても「いらない」と素気なく断られる。俯いて膝に顔を埋《うず》めてしまう先輩を、なんだかとても頼りない子どものように感じた。

「どうして恥ずかしいんです」

横に腰を下ろして母親じみた物言いで迫る自分が、内心おかしかった。しばらく黙っていた先輩は、やがて膝にのせていた両手の人差し指をもじもじ擦り合わせて教えてくれた。

「……髪を切った」

「は？　なんだ、そんなことか」

「恥ずかしい」

「どうして」

「似合わないと思う」

呆れた。ほっとして笑いまでこみ上げてくる。

「可愛いこと言っちゃって。どうせ髪なんかまたすぐのびますよ、見せてください」

コンビニ袋を持ったまま先輩ににじり寄って布団を引っ張ったら、頭を押さえてガードされた。さすがに腕力は子どもなみとはいかないので、俺も本気で応じる。

「幸一に襲われる」

「襲いますよ」

「困る」

「いいじゃないですか、ほら」

「いやだ、襲いたい」

「はい？」

笑いながら、俺は先輩が布団を押さえている両手を掴んで引っ張り続けた。コンビニ袋ががさがさ音を立てる。懸命に抵抗する先輩の、防災頭巾《ずきん》を被っているみたいな姿がおかしいったらない。

「いい加減に見せなさいよっ」

「笑われたくない」

「どうせ髪がのびるまではそのまま暮らしていくんでしょうが」

「笑わないって約束しろ」

悪いがそれは保証できないので無視だ。布団から顔だけだして縮こまる先輩を、渾身《こんしん》の力で揺さぶる。

「こらっ、誰の金で髪切ってきたんだっ」

とうとう声を荒げたら、先輩はぷつっと糸が切れように手をほどいた。目の前に現れたのはさっぱりショートヘアの先輩。スポーツ刈りやスキンヘッドにして思い切りイメージチェンジしたわけでもないし、いままでよりはるかに男前に変身している。

「変だと思ったろ」

横目で睨まれて、肩を竦めた。

「いいえ、全然。すごく格好いいですよ。なんで気にしてるんです？　これが変な髪型って言う貴方のセンスがわかりませんよ」

俺は先輩の左横に座りなおしてアップルティーにストローを通した。俺の言葉を信じていないのか、先輩は複雑そうに覗《のぞ》きこんでくる。その顔と髪型を見返していたら、ふいに昔を思い出してしまった。

「……懐かしいですね。貴方、学生の頃も一度それぐらい短くしてきたことがあったでしょ。バスケ部の全員が注目していたら、猛烈に不機嫌そうにして」

「俺は忘れた」と、そっぽをむかれた。

「ええ、そうですね。貴方にとっては嫌なことだったろうから忘れて当然でしょうけど、俺は憶えてますよ」

初夏の暑い午後だった。先輩は部員全員の視線を受けて煙たそうにしつつも、練習試合が始まると身体にまとっているオーラを鋭利に色濃く一変させてコートに立った。一緒にプレイなどできない下手くそな俺は、ただ外から眺めていただけ。あの人はなんで試合の合図が鳴った途端、獲物を狩るカラスそのものの瞳をするんだろう——ずっと、そう思っていた。純粋で、敵を真っこうから一直線に貫く黒い目。

見惚《みと》れていたら、ボールを受けとった先輩が猫背の背をすぅっとのばしてスリーポイントシュートを決めたのだ。

「格好よかったなあ、あのフォーム……。髪を切った日は、最高に格好よかったですよ」

寡黙で有能で孤独なカラス。ここまで強烈に記憶に刻まれた先輩はこの人以外いなかった。

いまでは当時の印象なんてどこへやらだけど、過去も現在も嘘《うそ》じゃない。再会後、先輩が心を開いて内面を深くまで晒《さら》してくれただけのことだ。カラスの心が夜に圧し潰される小枝でも、それならそれで守ってあげたいと思えるほど、俺の憧《あこが》れは本物だったみたいですよ。

「幸一……」

先輩の瞳が微《かす》かに揺れる。弱々しく、稚《いとけな》く。

微苦笑して「はい？」と首を傾げたら、

「ちょうだい」

先輩は俺が飲んでいたアップルティーを指さした。……ま、た、か。

「一度断っておきながら、なんでいつもあとになって飲みたがるんです？」

さらっとアップルティーを奪うと膝の上に抱えて飲み始める。外敵から餌《えさ》を守るカラスだ。

それで、平然となにを言うかと思えば、

「今日、セックスしてきたの」

またこれだ。

「先輩ほんと好きですね……それ以外俺に興味ないでしょ」

「帰りが遅かった」

「遅かったのは認めますけど、プライベートだから黙秘です」

「昨日もセックスしてきたのに」

「人のセックス回数を数えンでください」

「今日もした」

「昨日はしてないっ」

あ、しまった。ぴた、と停止した先輩がストローからくちを離して俺を見る。

「……気持ちよかったの」

「ど、どうでもいいでしょ」

「気持ちよかったの」

「あのね、」

「女の子と寝るのは気持ちいいの」

——先輩は彼女とかいないんですか。

——どうしてそんなこと訊くんだよ。

今朝《けさ》の会話が脳裏を過《よぎ》る。なんなんだよ。経験不足だから気になるってこと？

「えーえーよかったですよ」

投げやりに返答したら、瞬く間に気まずい沈黙が広がった。……え、なんで？　気まずくなる理由がわからないのに空気は確実に澱《よど》んでいくから、その直中《ただなか》で呆然《ぼうぜん》ととり残される。

先輩は俯いてくちを結んだ。アップルティーを持っている左手の人差し指が、パックの表面をそっと引っ掻く。かり、と、聴《き》きとれるかとれないかの乾いた音がした。

「いらない」

突然アップルティーを突っ返された。

「格好いいなんて、言うな」

そして布団を引き寄せると、先輩はベッドの端に蹲《うずくま》って眠ってしまったのだった。


風呂に入って、溢れる湯に肩まで浸かってぼうっと天井を眺めた。水滴が張りついていて、蛍光灯の光を受けて照っている。いまにも落ちてきそうだなと思考しながらも、頭の反対側ではさっき見た先輩の、拗《す》ねて寝転がった背中が燻《くすぶ》っていた。

普段友だち同士で彼女がいる奴を羨《うらや》むときは、ちくしょーひとりだけ幸せになりやがって、とか、はいはいのろけありがとーございました、てな具合で親しみをこめて貶《けな》すのが常なのに、先輩の反応は明らかに貶す余裕や矜持《きょうじ》を失った深刻なものだった。

恋人への憧れが長い年月をかけて錆《さ》びたコンプレックスになっているんだろうか。でも俺は〝だったら努力して相手を探せばいいでしょう〟などと励ませない。恋人は案外いらないと思い始めた頃にぽんと現れたりするものだし、縁という必然はある。俺はそうだったから。

俺が初めて女の子と付き合ったのは高校二年の初夏だった。遊び仲間のなかにたまにまじっていた他クラスの子で、告白されて素直に嬉しかったからオッケーした。すこしずつ好きになっていけたらいいなと、軽く、でも思春期なりに真剣に考えていた。

付き合い自体も健全だったと思う。休日に映画へ行ったり、夏に祭りへ行ったり。ただ引っかかったのは彼女の金銭感覚だ。映画のチケットも昼食も、祭りのやきそばやヨーヨー釣りも俺が支払っていた。彼女が財布をだしたところは見たことがない。

バイト代が全部彼女との付き合いに消えていくのはかなりきつかったものの、テレビなかでは〝男が払って当然〟と主張をする人もいたし、十代の俺にとって金のことを女の子にとやかく言うのは度量が狭くて堪らなく格好悪いことだった。だから彼女が、食べたい、欲しい、と目を輝かせるたびに従順に応じた。喜んでくれるのが、せめてもの救いだった。

別れたのは彼女の誕生日。

かねてからお気に入りブランドのバッグが欲しい、というのは聞いていたけど、到底手のでる額じゃなかったのでべつのバッグをあげたら、

『どうして？　彼女のためならバイト増やしてでも買うのが普通でしょ⁉』

と投げ捨てられた。

俺は〝彼女のため〟にずっと努力してきたつもりだったから、彼女の言う〝普通〟が、よくわからなかった。笑顔を見せてくれなかったことに絶望した。それだけを求めて、それさえあれば許せる、となけなしの希望にしてきたのに。

『幸一は、わたしのことが好きじゃないんだよ』

そうだね、とこたえた。愛情を金で計る彼女に返せる想いも情も、もうなかった。

しばらく恋人はいいや、と懲りて、大学生活の慌ただしさに翻弄《ほんろう》されていた頃だ。久美と会ったのは。

久美は誕生日に『なにが欲しい』と訊くと、『八景島《はっけいじま》でメリーゴーランドに三回乗りたい』と言うような子だった。最初は素《す》っ頓狂《とんきょう》さに驚いたけど、行ってみたら八景島は市が管理している関係で乗り物代の数百円だけで遊べてしまって、逆に『本当にこれだけでいいの？』と戦《おのの》くはめになった。

久美は『〝これだけ〟じゃないよ』と笑った。笑ってくれた。

いい歳《とし》した男と女ふたりでメリーゴーランドに乗ってぐるぐるまわる照れ臭さも、すぐに爽快な至福感にとってかわった。楽しかったし俺もめいっぱい笑った。周囲の人から注目を浴びるのもへっちゃらだった。思えばメリーゴーランドは子どもの時分にも恥ずかしがって乗らなかった。久美は俺に新しい体験をさせてくれる。知らなかった喜びを与えてくれる。

前の木馬に乗る久美が振りむいて浮かべる屈託のない笑顔も、回転しながら眺める大人も子どもも青空も、すべてが輝いていた。その数分は世界が幸福に溺《おぼ》れているみたいだった。

数日後、久美の友だちのサオリちゃんに食堂で偶然会って、八景島でのことをのろけながら高校時代の恋人の話もした。久美がメリーゴーランドに乗りたいなんて言ったのは驚いたけど嬉しかったし楽しかった、俺、昔のことがトラウマだったのかなあ、と。

サオリちゃんは趣味のバンドでヴォーカルを務めているせいか、声が綺麗でよく通る。その澄んだ発声で、あはははっ、と笑ってからこう言った。

『久美もいま欲しいバッグがあってバイト頑張ってるよ。あの子ね、好きな人を自分で幸せにしたがるタイプなの。おしゃれもデートも幸一に負担をかけたくないって思ってるんだよ。つか、その昔の彼女って幸一を利用してただけでしょ。散々貢がされて気づかないってどれだけお人好《ひとよ》しなの？　あんたは絞りとられて捨てられる典型的なダメ女タイプだね』

目を何度もぱちぱち瞬いて、やっとのことで『……もしかして、好かれてなかったのは俺の方？』と訊いたら大笑いされた。はぐらかされた返事の内容は、それで十分理解できた。

久美との半同棲生活が始まったのは、その直後だ。

いまは久美が望むものを、自ら気づいて贈れる男になりたいと思う。金で買えるものも、メリーゴーランドの感動のように心でなければ受けとれないものも。

高校の頃の彼女との出会いも、久美をより愛《いと》しく想えるという点では無駄じゃなかった……と、言ったらサオリちゃんにまた笑われそうだけど、それが先輩にも必要なときに必要な女性が現れるだろうと思う理由だ。

ざりと舌で歯を舐《な》めたら、先ほど飲んだアップルティーの味がした。唾液《だえき》で薄れても甘い。女々しくても、運命というのを俺は信じていたかった。

そろそろ上がるか、と風呂からでてパジャマに着替え、タオルで髪を拭きつつ部屋へ戻ると、もう寝ていると思っていた先輩が中央のテーブルの前で座っていた。

「あれ、起きてたんですか？」

訊いても無言でじっと一点に集中して動かない。視線の先を辿《たど》ると俺が入浴まえにテーブルの上へ置いておいた携帯電話が。

「これ鳴った」

「あ、着信音のせいで起こしちゃったんですね」

「二回鳴った」

「え、二回も？」

先輩の斜《はす》むかいにしゃがんで確認したら、実家からの着信履歴と久美からのメールがあった。「母親と久美みたいです。母親は明日かけなおすことにして、無視しちゃいます」と苦笑いして久美のメールを読んだ。

——『幸ちゃん、おやすみなさい』

他愛ない挨拶《あいさつ》だ。俺は『いま風呂から上がったよ。返事遅れてごめんね、おやすみ』と返して携帯電話をテーブルに戻し、またタオルで髪を拭いた。

「すみません。今度はちゃんとバイブにしておきますね。……バイブでも結構うるさいかな？　着信時間も五秒ぐらいにした方がいいか」

「……二回とも、音が違った」

「ん？　ああ、頻繁に連絡くれる相手は個別に音を設定してるんですよ」

「二回目の音、なに」

久美の着信音だ。

「『Fly Me to the Moon』です。久美が『いつか一緒に月に行こう』ってメールをくれたときかえたんです。タイトルを和訳すると〝わたしを月へ連れて行って〟でしょ?」

月旅行が身近になるのはもっと先の未来でしょうけど、と続けて笑ったら、先輩は唇を薄く開いて視線を下げた。

「……いい曲だった」

「ですよね。確か元は『In Other Words』っていうタイトルの歌ですよ。〝わたしを月へ連れて行って。つまり手を繋ぎたいの。キスをして欲しいの〟って感じの歌詞です」

「……いい曲だった」

「オルゴールバージョンだから音色も優しげですしねー」

「……いい曲すぎた」

「すぎた? 先輩も気に入りましたか」

嬉しくなって「うちにもCDがありますよ」と四つん這《ば》いでCDラックへ移動した。

レンタルするビデオを決めるまでに三十分も要した先輩だ。好みに厳しそうだから数秒聴いただけの曲を気にとめてもらえたら嬉しくもなる。自分の好きなものなら尚更に。

「うーん。あれ。ないなあ……奥の方にしまっちゃったかな」

「幸一」

「ちょっと待ってくださいね。きっとこの辺に……」

「幸一」

「おかしいな、実家に置いてきたかな。いや、そんなはずは、」

「……幸一」

つん、と左肩に突かれたような違和感を覚えて振りむくと、いつの間にか先輩が真横にいて「わあ」と驚いてしまった。

「貴方、忍者ですかっ」

「違うよ」

「わ、わかってますけど、気配がなさすぎですっ」

焦ったら、先輩は笑いだした。

「はは。幸一、面白い」

滅多に笑わない先輩が「は、はは」といささか不慣れに頬を引きつらせて破顔している。

四つん這いになったままぽかんと魅入っていると、

「幸一、散歩行こう」

と唐突に誘われた。

「え。散歩って、この寒いのに？」

「うん」

ことなげに頷いて、可愛らしく小首を傾《かたむ》ける。

「どこへですか？」

「どこへまでも」

……どこへまでも。まるで男が女の子に言うようなセリフだ。

「俺、明日もバイトがあるんです」

「うん」

「遠すぎるのは、困りますけど……」

「うん」

先輩は穏やかに微笑しているけど、本気だった。俺は当惑しながらもすでに心の奥で屈している自分に気づく。こんなに嬉しそうにしている先輩の笑顔を、曇らせたくない。

「わかりました。じゃあ……行きますか、散歩」

こたえた途端、先輩は俺の左手を摑んですっくと立ちあがった。えっ、と俺が驚いているあいだに、ハンガーにかけていたお互いのコートとマフラーをむしりとって玄関へむかう。

「ちょっと待っ、先輩、俺、パジャマなんですけど！」

「コート持ったよ」

「いや、寒いですからっ」

「マフラーも持ったよ」

「髪、乾かしてませんし！」

「大丈夫だよ」

うちのカラスは奔放だ。まるで空を飛ぶように自由に生きる。時間も常識も他人も、なにも気にしない。その両手はどこまでも空っぽで軽い。

俺が靴を爪先に引っかけた状態の覚束《おぼつか》ない足どりでなんとかコートを着ている間にも、先輩は俺の腕を離さずに夜道を闊《かっ》歩《ぽ》し続けた。

散歩って、もっとのんびり歩いて街並みや景色を味わうものじゃなかったっけ。

どこに行くんだろう。訊きたいのに、群青色の夜空に先輩の後頭部の短くなった髪がはためくのを見ていたら、訊くのは無粋なような、どうでもいいような気持ちになってきた。

どこへまでも、と言った先輩に委《ゆだ》ねておけばいいのかもしれない。だって脇目もふらずに狭い裏路地を進んで行く先輩の背中には名状し難い意思がある。自由で危なっかしいのに、だからこそ抱ける頑丈で揺るがない志。この人も久美と同じで、俺に知らないなにかを教えてくれる人だ、とそう感じるから。

大通りをさけて路地を曲がった。次第に先輩の 掌《てのひら》 が下がってきて、ばらばらだった歩調が合う頃には手を繋ぎ合っていた。男同士ですよ、と嫌悪するよりも先輩の自然さに驚くばかりで、なんだかむしろ、こうするのが普通のような気さえする。

ぐいっと引っ張られて加速した拍子に、前方に現れたのはマンションだった。他人の住処《すみか》なのに先輩は無遠慮に進入して行く。常人を逸脱したこの潔さが、もういっそ清々《すがすが》しい。セキュリティの緩い建物らしく、エントランスを通過して難なくエレベーターに乗れてしまった。先輩が押したのは最上階のボタンだ。

数秒後、俺たちは十階建てマンションの屋上にいた。柵が視界を阻むけれど、周囲に高層ビルがないので見晴らしがいい。空は透き通った紺色をしていて、雲も星も視線で輪郭をなぞれるほど鮮やかに浮かんでる。冬の夜は、昼よりも視界がクリアになる。綺麗だった。

「ここ、よくくるんですか?」

「初めてきた」

深夜の静寂が胸に迫って、身体の底までしんと凪《な》いだ。

遠くに送電線の鉄塔がいくつも並んで建っており、先輩はそれを眺めながら柵に近づいて手をかける。闇のなかに佇む鉄塔は悠然と、でも寂々と、ものも言わずにそこにいる。

風が吹く。ふいに濡れていた髪が凍えて背筋に寒気が走り、「くしゃっ」とくしゃみをしたら、先輩が振りむいた。

「寒いの」

「……ええ、すこし」

俺の髪をごく自然な仕草で梳《す》いて、目を剝《む》く。

「すごく冷たい」

「次に散歩するときは、髪を乾かすまで待っていてくれたらうれしーですよ」

からかいまじりに苦笑いすると、先輩は目を細めて表情をなくした。

「……幸一は、優しいね」

「そうですか？」

「優しい」

「俺は先輩とここにきて、綺麗な景色を見られて、得した気分ですけどね」

今夜は空気も一段と澄んでいる。寂しげな鉄塔もマンションの灯りも山の木々の影も普段なら見過ごしてしまうのに、先輩が連れてきてくれたから見られた。

「先輩も、俺といてよかった、とか……思ってくれたら、嬉しいですよ」

もし俺たちがあの日偶然再会することもなく擦れ違っていたら、先輩はアパートを追いだされて町を歩き、この夜空をひとりで眺めていたのだろうか。ふたりなら美しく感じる景色も、ひとりならきっと違う。ホームレスになるだなんて、なぜ自慢できたんだろう。なぜ。

先輩が黙っているから苦笑いで会話を流そうとしたら、彼はいきなり俺の肩を掴んで強引にむかい合わせ、自分のマフラーを俺の頭に被せてから顎《あご》の下でぎゅっと固結びした。

「これで寒くない」

「せ……先輩、」

そして夜空に浮かぶ下弦の月を指さす。

「幸一を月へ連れて行ってあげようと思ったよ」

「え」

「届かないけど、家よりはここの方が近い」

もしかして『Fly Me to the Moon』の……さっき会話を気にかけて、この人は――。

「……先輩」

呆然として言葉を失う。

先輩はマフラーにくるまれた俺の頭の上に手を置くと、真剣な面持ちで続けた。

「どうしようもなく寒くなって、息もできなくなるぐらい辛くなったら、一緒に帰ろう」


先輩の食玩コレクションはだいぶ増えてきた。

数日後の朝、ベッドの上で目覚めると足元に先輩がいた。緩慢な動作で半身を傾けて彼の手元をうかがうと、奥の窓から差しこむ白い朝日に透けて細かく動いている。どうやら机の上に食玩を並べているようだ。目を凝らしてみたら、いままで買ってきたたくさんの食玩やおまけがずらりと並んでいた。

「……ん？　なにしてるんですか？」

ペットボトルのジュースについていたアニメのフィギュアストラップにミニカーシリーズ。温かいお茶についていたフリースポーチにお菓子コーナーで見つけたぬいぐるみマスコット、ミニチュア家具、文具。

「俺の机の上が面白いことになってますね」

「幸一も喜んでくれて嬉しい」

「……いまのは嫌味です」

やれやれと傍《そば》のテーブルを見遣ると、サンドウィッチとパックのアップルティーの他に、ふたつのペットボトルがあった。日本茶だ。

再び先輩に視線を戻したら、なにやら新しいおまけを袋からだしている。

「先輩、朝食の買い物へ行ってきてくれたんですか」

「幸一が起きないから行った」

「え、起こしてくれました？」

「名前呼んだよ。二回ぐらい」

「……。ところで先輩にはサンドウィッチを食べながら日本茶を飲む習慣があるんですか」

「ないよ」

「ないんですか」

「ない」

「ないんですね」

「ない」

がばっと起きあがって、先輩の背後から手を摑んでとめた。指先には日本茶のマスコットキャラクターストラップがふたつある。

「このために買ったんですか」

「うん」

「確認しますけど、貴方日本茶好きですか？」

「嫌い」

思わず先輩の両頰をつねってしまった。

「ずいぶんと威勢よく即答してくれ、ます、ねっ」

「お茶は幸一にあげるよ」

「また処分係じゃないですかー……」

手を離して大げさに溜息をついたけど、先輩は素知らぬ顔でストラップを並べる。小さなコレクションたちはきちっと綺麗に整列した。

「これ一応、俺の勉強机なんですよ」

「勉強してるところ見たことない」

「……たまにします」

「本当？」

「本当」

「じゃあそのときは移動させる」

「お気づかいありがとうございます……」

「どういたしまして」

先輩が噴きだした。まったくもう、とげんなりしたものの、彼の柔らかい笑顔に負けて俺もつい笑ってしまう。

平和で緩やかな朝だ。先輩は朝日に頬半分を照らされて笑っている。あまりの無垢《むく》さにいささか狼狽《ろうばい》した。いつも無表情で鬱々《うつうつ》と沈んでいたのに、まるで生き物が呼吸するみたいに、鳥が空を飛ぶみたいに、人間のあたり前の営みとして笑ってくれているから。

「幸一」

「はい？」

「お茶、幸一の飲みかけなら飲んでもいいよ」

……だけどほんのすこし引っかかる。鈍感な俺も、さすがに違和感を抱き始めていた。

この人が俺にむけてくれている感情は、特別なものなんじゃなかろうか。

いままでの不可解な言動や態度は彼の独特な性格からくるものだと解釈していたけれど、認めてしまえばたった一言で大方の説明がついてしまう気がする。……早合点しすぎかな。

「そうだ。先輩、なにかしたいことありませんか？」

「したいこと？」

「今日は一日暇だから、先輩に行きたいところでもあればでかけようかなと思ったんです」

「デートはしないの」

「貴方あまり外出してないでしょ。たまには息抜きに付き合いますよ」

「デートはしないの」

「午後から天気が悪いって聞いてるから、ちょっと心配ですけどね」

「彼女は暇じゃないの」

くっ……。膝を抱えて縮こまっている先輩は、俺の目の奥を探っている。

溜息を洩らしつつ〝恋人を優先しなくていいのか〟という気づかいだと納得して返答した。

「今日久美はバイトなんです。気にしなくていいですよ」

「……そう」

ぽつんと呟いて視線を横に流すと、今度は押し黙る。

「行きたい場所、考えてるんですか？」

「考えてる」

心なしか嬉しそうだ。そうですよね。毎日家にとじこもっていたら退屈ですよね。

うちにはテレビ以外の娯楽がないから申し訳なく思っていた。休日ぐらい思う存分遊んで楽しませてあげたい。カラオケか、ダーツか、ビリヤードか。ゲーセンのアーケードゲームで対戦したら、この人意外と強そうだな。

自分も遊ぶ気満々で返事を待っていたら、先輩はぱあっと閃《ひらめ》いた顔をしたあと、

「ビデオを借りて一緒に観よう」

なんて言った。

「へ……家でビデオですか？」

「うん」

「そんなのでいいんですか？」

「うん」

「ビデオだったら普段いつでも観られますよ」

「幸一は毎日セックスしてるから帰りが遅い」

「……毎日じゃない」

「ビデオでいい」

「セックスしてないって言ってるじゃないですか」

「ビデオが観たい」

「でかけましょうよ」

「やだ」

「なんで」

「金がかかる」

驚いて、息を呑《の》んでしまった。

貴方ひとりでこっそり、そんなこと気にしていたの……？

「先輩……、」

ジュースのおまけや食玩はやたら買うくせに、外出は気が引けるんですか。

風呂の湯を溢れさせるくせに、ビデオのレンタル代以上強請《ねだ》るのは心苦しいんですか。

……べつに、いいのに。

「迷惑だと思ってたら、そもそも貴方を拾ってませんよ」

先輩は一瞬嬉しそうな顔をしたが、

「いい。ビデオ観よう」

と意見を変えない。外出自体嫌いなんだろうか。それともやっぱり出費が心配なのか……。

俺は高校の頃の彼女との経験で、自分が鈍感だということ以外にもうひとつ気づいている事柄がある。それは、俺も彼女を金でしか見ていなかったこと。

俺が彼女の欠点以外も愛していたなら、金銭感覚についても理解し合える関係を築こうとしたはずなのだ。だけど俺は幼いプライドを振りかざして不満を言いもせず、彼女が金品を強請り続ける姿にただ幻滅していった。俺も身勝手で、傲慢《ごうまん》だった。

事実、久美が相手なら〝それちょっと違くない？〟と指摘する。不満を放置して愛情まで蝕《むしば》まれるまえに対処しようと努める。より長く付き合い続けたい、本音を告げて芯《しん》から想い合える関係になりたい、そう願っているからだ。

先輩に対しても同じだった。サオリちゃん的には〝貢がされて捨てられるダメ女〟かもしれないけど、俺はこの人との生活は金云々《うんぬん》じゃないと思っている。さっきみたいに笑顔を見せてもらえるのが嬉しい。このあいだみたいに月見に連れて行ってくれるだけでいい。俺自身が望んで同居してもらっているって、わかってくれたらいいんだけど。

振りむくと先輩はいそいそとでかける準備をしていて、目が合っても不思議そうに首を傾げるだけだった。

午前十時過ぎにバイト先のレンタルショップへ着いた。二階建ての結構大きな店で、一階は本屋になっている。午後からの悪天候を見越してか、平日なのに客が多かった。

バイト仲間と擦れ違ったら軽く会釈して、先輩とふたりでビデオを選ぶ。

「好きなの借りていいですよ。今日はとことん先輩に付き合いますから」

「付き合う？」

「ええ。ビデオもそれ以外も先輩の我が儘を聞きます」

「我が儘？」

「まあ無理なら無理って言いますけどね。まずはビデオ、貴方が観たいのを選んでください」

にっこり促すと、先輩は眉根《まゆね》にしわを寄せて俯いた。……いつもより思考に力が入っている。なんか無理難題を押しつけたみたいになったな。

苦笑いして待ちながらよくよく先輩を観察していたら、着ているコートが黒ずんでいるのに気がついた。首に巻いているマフラーも糸がほつれて胸元にはりついている。

「先輩、洋服も見すぼらしいことになってますね……このあと買いに行きますか?」

「いらないよ」

「金は大丈夫ですから」

「幸一のお古をちょうだい」

「俺の……?　サイズ合うのかな?」

冬服なら大きめのもあったっけ、いやでも……と唸っていると、先輩は突然くるっと身を翻して足早に奥の棚へ行ってしまった。滑走するカラスのごとく人ごみを擦り抜けていく。

「先輩っ、」

動揺してほうけていると、すぐにビデオをひとつ持って戻ってきた。

「これを観る」

で、差しだされたのは『天使にラブソングを』だ。

「これはまえに観たじゃないですか」

忘れも間違えもしない。この人とここで再会した日、俺がすすめたビデオなのだから。

「他にもいろいろありますよ？　新作だってあるし、また先輩の気分に合うものを探したっていいし、」

「これがいい」

誘導しようとしても、先輩は揺るがない。なぜそこまで拘《こだわ》るんだろう。

「何度も観たくなるほど面白かったんですか？」

「面白かった……」

自分に問うような呟きだ。困ったように顔をしかめて考えこんでしまう。

「わからないのにもう一度観たいんですか？　あ。まさかあのとき観なかったとか？」

「観たよ」

「じゃあなんで」

「内容は関係ない。幸一と観たいだけだから」

どき、と心臓が跳ねた。この人がたまにくちにする甘さをまとった言葉は、ただならない告白じみて聞こえる。

「……今日は、先輩に付き合うって、言ったじゃないですか。せっかくだからべつのを観ましょうよ。せめて、この続編とか」

「違う。これをふたりで観たい」

断言する姿は、もはや我が儘を越えて凛々《りり》しくもあった。動揺して怯《ひる》みそうになる気持ちをなんとか立てなおし、目の前にいる頑《かたく》なな先輩の胸に右の人差し指を突き立てる。

「貴方、俺と会った日に、俺がすすめたビデオを、俺と一緒に、観たいんですね?」

「そうだよ」

つまりこの人は俺と再会の思い出に浸りたいと言っているのだ。

『……明るくなれるビデオ、教えて』と訊かれたときのことは、それこそ映画の映像ぐらいはっきりと思い描ける。別々の場所で別々の時間に観たものを、同じ場所で同じ時間に観る。ふたりで明るい気持ちになる。ふたりでひとつの感情を共有する。そこに、先輩にとっての意味があるらしかった。

「……わかりました、いいですよ」

朝会話をしていたときに浮かんだ〝一言〟が掠めて、俺は頭をうち振った。

家へ帰る途中、雨が降り始めた。まだ小雨ながら、黒ずんだ雲と冷淡な雨音が人気《ひとけ》のない路地をいっそう憂鬱にしていく。先輩と俺の歩調もとぼりとぼりとのろくなった。

「先輩は、どうして働かないんですか?」

「嫌だから」

俺は先輩の横顔を探る。短く切り揃《そろ》えられた黒髪が湿って額や頬にも細かい雨があたっているけれど、拭いもしないで俯き加減に歩いている。……カラスには雨なんてとるに足りないものなのかな。

「金のことを心配するのに、働くのは嫌なんですか？」

ビデオの会計をしたとき、俺の横にくっついて申し訳なさそうに覗きこんでいた先輩。この人は買い物の会計時、いつもそうだ。

しかし、

「嫌だ」

やはり仕事は嫌いらしい。

「どうして」

「幸一も嫌いだよ。仕事中は媚《こ》び売って嘘を吐《つ》いてる」

「嘘、ですか？」

「俺のことを嫌いだと思ったくせに笑ってただろ」

コートのフードを被りながら、横目で睨まれた。

あの日のことだ。

刹那《せつな》、俺は久美のくち癖を思い出した。――わたしは綺麗なのがいい。透明でいたいの。

「先輩は汚れたくないんですか」

「笑いたくないのに笑うなんて、吐き気がする」

わかる、と、思いつつ反論した。

「社会にでるって、そういうことじゃないですか。嫌だ嫌だって言っていられるのは子どものうちでしょう。大人になったら多少納得いかないことがあっても我慢しなくちゃ」

「大人の定義を話す幸一も嫌いだ」

すっと顔を上げて道の先を見据えた先輩の目には、軽蔑の色がある。

「協調性の問題です。誰だって周囲に合わせて生きていかないと駄目なんですよ」

つい声が荒くなった。子どもみたいなことを毅然《きぜん》と言えてしまう先輩が、憎らしかった。

「幸一は大人じゃない。言い訳上手になっただけだ。それを自覚してるから俺に楯突《たてつ》く」

……図星だ。また見抜かれた。こんな愚かしい面さえ。

俺は先輩のようには生きられない。常識から外れて孤立するのを怖《おそ》れる小心者だからだ。先輩みたいに自我を貫いて根なし草の生活をするのは甘えだと思うけど、本当は羨ましい。偽りも逃げもしない先輩と、偽って逃げ続けてそれを〝大人〟って言葉で飾っている俺。

「先輩は、本当に自由ですね」

久美に言わせると、この人は透明で、俺はどす黒いんだろうか。

「……仕事してない幸一は、好きだよ」

先輩のくちから溜息まじりの告白がこぼれた瞬間、雨が水溜まりに落ちて波紋を広げた。

家へ着くとお互い風呂に入って冷えた身体を温めた。

そして落ち着いてから『天使にラブソングを』を観た。

先輩は初めて観る映画のように夢中になり、最後には感動して涙まで流した。俺はビデオより先輩の表情が気になって終始彼の横顔を盗み見ていた。楽しそうに笑ったり、泣いたり。映画を観るときはこんなに喜怒哀楽が豊かになるのか。どこまでも子どもみたいに純粋で、俺が失くしたものを持ってるんだな、この人は。……羨ましい。

やがて夜になり、夕飯も食べ終えてベッドへ横になったら、

「……幸一ありがとう。今日楽しかった」

と、背後で先輩が礼を言った。囁きに似た繊細な声だったのに確かな熱がこもっていて、背中にぶつかった途端、全身が切なさに痺《しび》れた。

「……俺はなにもしてないですよ。ビデオを借りて、一緒に観ただけじゃないですか」

「そうしたかった」

「でかけようって言ったのに」

「でかけなくていい」

「遠くへ遊びに行った方が、楽しかったかもしれないのに」

「ビデオ楽しかったよ。幸せだった」

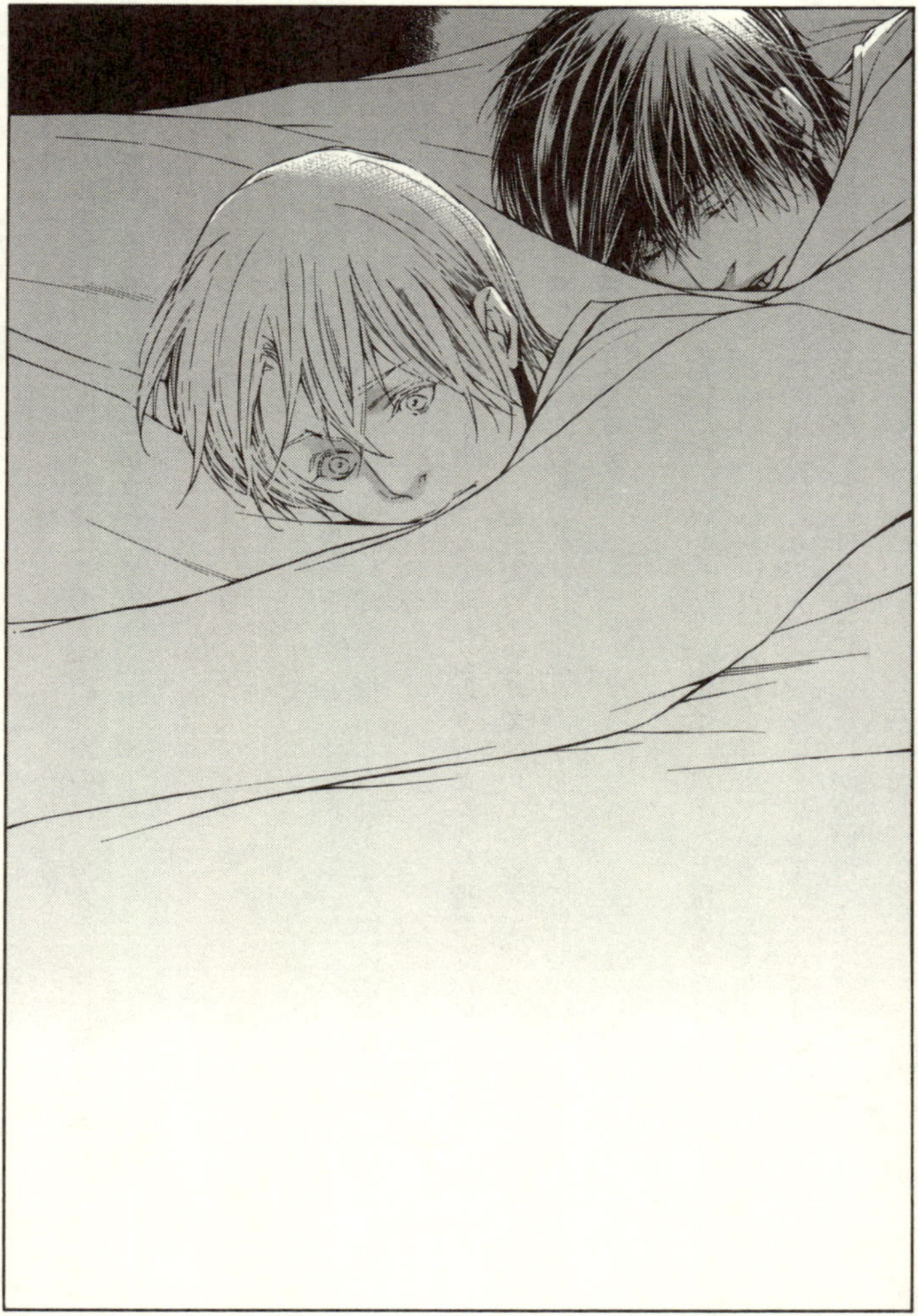

『貴方の我が儘を聞く』と言った俺にこの人が願ったのはビデオを一緒に観る。それだけ。

「……俺が、なにをしたって言うんですか」

「我が儘を聞いてくれた」

「金をだしたからですか？　ビデオ代、払ったからですか？」

「俺と居てくれた」

――恋。その一言が迫ってくる。

鼓動がはやくなって心臓が締めつけられた。指一本も動かせない緊張のなかで、危機感と、それ以上の胸苦しさに縛られた。

……先輩。貴方俺に『デート？』って訊ねるとき、どんな気持ちなんですか。

『彼女とセックスしたの』って、どれだけの覚悟で訊いているんですか。

今日でかけないって言ったのも、久美に遠慮したからだなんて言わないでしょうね……？

貴方どこまで綺麗なんですか。

「先輩」

俺が寝返りをうって先輩にむかい合うと、先輩は「ん？」と微笑んだ。

この部屋で俺の帰りを待っているあいだ、なにを考えているんですか。

湯をめいっぱい入れた風呂にひとりで入って、なにを思っているんですか。

布団に爪先までくるまらないといけないほど、なにが怖いんですか。

俺は布団を引きあげて先輩の肩にかけながら訊いた。

「……貴方、寂しいんですか」

先輩の瞳が光を失う。そして唇が開いた。

「寂しいよ」

雨音が聞こえる。

心を貫いた痛みに震え、俺はしばし呼吸を失った。

カラスの涙

あれから先輩と一緒にビデオを観て眠るのが日課になった。

『天使にラブソングを』を観た翌朝、俺が先輩に『今日バイトへ行ったら、またビデオ借りてきてあげますよ。どんなのがいいですか？』と訊いたのがきっかけだ。

俺はいままで先輩を居候させているだけで気づかうことをしなかった。夕飯の心配をしたり美容院へ行く金を渡したり食玩を買ってあげたりはしたが、先輩とむき合って会話をして、気持ちを知ろうとする時間はつくらなかったのだ。だから毎日寝るまえの二時間は、ビデオを観て話しながら先輩のことだけ考えようと決めた。

そんな夜を過ごして今日で一週間が経つ。

今夜観るビデオはとくに指定されなかったので、自分が気になっていた日本映画を選んできた。俺の趣味が先輩に合うかどうか心配だったけど、横でビデオを観ている先輩は結構真剣だ。

時折「この女の子、不思議だね」などと感想も呟く。

俺はクッキーを囓ろうとした手をとめて「不思議？」と訊き返した。

「うん。感覚とか考え方が不思議」

それは主人公の女の子だ。家庭内に問題を抱えていて不登校気味、親友もひとりいるが救いには繋がっていないらしく、街を徘徊《はいかい》しては行きずりの不良少年とともに遊んだりする。彼女を支えているのは昔教師をしていた男との文通で、その男は彼女と深い間柄になったことがばれたせいで教師を辞めたようだった。

俺は持っていたクッキーを先輩に渡して笑いかけた。

「日本映画は個性的な登場人物が多いですよね。俺、結構好きなんですよ」

先輩は深刻そうにクッキーを見つめる。

「……幸一の彼女も個性的な子だ。雨の日に、泣きながら幸一に会いにきた」

久美がきて『雨が怖いの』と泣いた日、先輩はここで布団を被って蹲っていた。

クッキーに注がれている先輩の視線は、過去の映像を辿るような遠さをしている。……あの日、傷つけていたんだろうか。

「先輩」

同性愛はよくわからない。俺は普通に女の子を好きだし、久美といて違和感を覚えたこともない。男に触ってみたいとも、抱いてみたいとも、抱かれてみたいとも思わないし、思った経験もない。でも先輩を見ていると胸が痛んだ。

「先輩も雨が怖くなったりしますか」

「……俺は幸一の彼女じゃない」

やるせなくなって俺が下唇を噛《か》んだら、先輩は声を張り上げて続けた。

「俺は幸一がでて行けって言うまででて行かないし、泣きたくなったらひとりで泣く」

……優越感もあるだろう。憧れていた先輩が自分に心を寄せてくれるのは、認められたようで嬉しい。むしろ同性だからこその喜びもある。とはいえまだ確信に触れたわけじゃないし、自惚《うぬぼ》れて先走ったってしかたないし……。

困惑したままテレビに視線を戻す。……あ、そういえば。

「俺の友だちにも学校の教師と付き合ってた奴がいたな。俺たちが卒業した高校ですよ」

「教師?」

そうだ。身近に同性愛者の友だちがいたじゃないか。去年会って、とても幸せだと報告を受けたっきりだった。

「先輩、今度俺とその先生たちに会いに行きませんか?」

「学校へ?」

俺は目をまるめる先輩に、「いいえ」と微笑んだ。

「違いますよ。その人ね、元教師なんです」

数日後、先輩とでかける準備をしていたら久美から電話がきた。

『幸ちゃん今日バイト休みだよね。わたしは午後にバイト終わるから、時間あるなら会いたいな』

「ああ、ごめん。今日は先約があるんだ」

『……そうなんだ』

「あ、あれだよっ。高校の同級生の、友だちのところへ行くんだよ！」

『なんで焦るの？』

「え、いや……」

『わかった。じゃあまた連絡するね。急にごめんね』

「ううん、俺の方こそごめん。バイト頑張ってね」

『うん！』

久美と話すのが久々で、変に緊張してしまった。悪いことはしていないのに、うしろめたさに苛《さいな》まれる。携帯電話を見下ろしてばかな自分を溜息ひとつで蹴《け》散《ち》らした。

ふいと振りむいたら先輩が無表情で俺を見ている。

「行きましょうか」

笑顔で促すと、かくんと俯くように頷いた。

駅に着いたら先輩は挙動不審になり、電車に乗ると身を縮めて黙ってしまった。

「どうしたんですか？」

「……人ごみが嫌だ」

周囲には眠っている酔っぱらい、寄り添ってイチャつくカップル、化粧をしている高校生、携帯電話にむかって大声で話すサラリーマン。

「大丈夫ですか？」

「……気持ち悪い」

先輩は俯いてしまう。電車の揺れに酔ったというより、人間が気持ち悪いという訴えに聞こえた。確かに電車内には汚いものが渦巻いている気がする。空気や匂《にお》いだけじゃなくて、人間の禍々《まがまが》しい欲もだ。他人の感情や感覚に敏感な先輩には堪らないのかもしれない。

「すぐ着きますけど、無理なら言ってください。のんびり行きましょう」

手をぽんと叩いて宥《なだ》めたら、先輩はほっとしたように頷いた。

三十分後、電車を降りてから海岸沿いを歩いて喫茶店に着いた。二階建ての白い一軒家で、看板には【kaze】とある。外から店内をうかがい、マホガニー調のカウンターテーブルの奥にマスターを確認するとドアを押した。

「こんにちは」

本を読んでいたマスターが、

「いらっしゃいま……ああ、加藤か」

と馴染《なじ》みにむける笑顔で椅子を立つ。

この人が、俺が高二の頃担任だった浅木孝太郎《あさきこうたろう》さんだ。上背があってスタイルもよく穏やかな印象のマスターだけど、体育教師時代は厳しくもあった。片足に怪我《けが》の後遺症があるのを知らない生徒には、怒鳴るだけで走りもしない無気力な教師だと勘違いされていたが。

「久しぶりだな。元気そうじゃないか」

「はい、おかげさまで」

カウンター席に招かれて腰かけたら、先輩は訝しげに俺と先生を観察した。

「先輩、憶えてないですか？　体育の浅木先生ですよ」

教えても首を振る。同級生とも交流の薄かった先輩だから、教師なんてもっと憶えていないんだろうな。

「おまえ槇野だろう？　バスケが上手で有名だったよな」

先生は先輩を憶えていた。

「加藤が槇野と一緒にいるなんて面白いな。加藤もバスケ部だったけど、おまえら仲よかったのか？」

「いいえ、学生時代は俺が一方的に先輩に憧れていただけで、再会して声かけたら仲よくなっちゃったんです」

「そうなのか。へえ」

不思議なこともあるもんだなあと感心して、先生は「コーヒーでいいか」と続けた。俺たちが頷くと、用意を始める。

「加藤が『近々行く』って連絡くれて楽しみにしてたけど、まさか槙野も一緒とはな」

「驚きました？」

「ああ。槙野は他の生徒と群れるイメージなかったし」

「そうですよねー……」

自分の話をされるのがこそばいのか、先輩が顔を歪めるから俺たちは笑ってしまった。

店内には他にお客がいないくて静かだった。徐々に濃くなっていくコーヒーの香りと穏やかなピアノのＢＧＭが心を落ち着かせてくれる。

先輩の顔を覗きこんで「気分なおりましたか」と訊ねると、彼は頷いて「コーヒー、いい香りだ」とやっと言葉を発した。ちいさく笑みもこぼす。店の雰囲気を気に入ったようだ。

先生はコーヒーをいれながら、俺に「大学はどうなんだ」と訊いてきて、俺は「ぼちぼちですよ」とあたり障りのない返答をした。元担任なだけあって心配なのかな、と思う。

「槙野はどうしてるんだ」と先輩も訊ねられたけど、俺が「いまこの人は俺がうちで飼ってるんです」と笑ってごまかした。

「先生はどうなんですか？」

「どうって？」

「すまして訊き返さないでくださいよ、わかってるでしょう？　生徒と付き合うために奥さんと別れて、学校まで辞めたくせに」

「こら、そういう言い方はやめろ。あいつのせいじゃない」

先生がコーヒーを俺たちの前に置いた瞬間、横から「あ、加藤！」と声がぶつかってきて、友だちの綾瀬《あやせ》シヅキがエプロン紐《ひも》を結びながらやってきた。

「孝太郎さんが連絡きたって言ってたから待ってたんだよ、久しぶりー」

「久しぶり。去年きたきりだったもんね」

「加藤は忙しいのかなってちょうど噂話してたところだったから、ほんと嬉しいよ」

シヅキもカウンターに入って先生の横に立つ。微笑み合うふたりから温かな空気が浮かび上がって、俺もほっこり満たされた。相変わらず幸せそうだ。

先生はシヅキが卒業した年に学校を辞めて離婚し、この喫茶店を始めた。

昨年、突然ここへ呼ばれてそううち明けられたときは、え？　と十回以上訊き返したっけ。担任教師と友だちが同性同士で付き合っていただけで驚いたのに、転職や離婚まで決断したなんて激しすぎて度肝を抜かれた。シヅキも可愛らしくて線の細い男ではあるものの性格は鼻っ柱が強くて頑固だから、テレビなんかで観るオカマやゲイほどわかりやすくなかったし。

でもやはり他人事という感覚も助けてか、当人同士が幸せなら同性愛も間違いじゃないのかもしれない、と納得できた。

「こちらの方は……？」

シヅキが先輩に目配せして首を傾げ、俺が説明するより先に先生がこたえる。

「シヅキたちのふたつ上の先輩だよ。槇野和隆。いま加藤と一緒に暮らしてるんだってさ」

「え、一緒に？」

そのとき先輩が横から俺のコーヒーの受け皿をつまみ、自分の手前にズズズと移動させて、かわりに自分のコーヒーをズズズと俺の前に置いた。

「なにしてるんですか、先輩」

「……こっちの方がいい」

「飲みかけですよ」

「いい」

先生とシヅキがきょとんと見守るなか、先輩は当然のことのように俺のコーヒーを飲み始める。アップルティーの件を知らないふたりにとっては、さぞ奇妙な光景だろう。

「すみません、この人なぜか俺の飲みかけを好んで飲むんですよ。は、はは」

とりあえずコーヒーの味のせいではないと伝えたくて焦って弁解したが、先輩はいたって変わらず眠たげなぼんやり眼《まなこ》のままだ。……まったく。

「シヅキ、先輩はバスケが上手くて有名だったんだよ。憶えてない？」

「え、うーん……。そうだなあ。ふたつ上ってことは一年の頃だよね。バスケの上手な先輩がいたのは漠然と記憶にあるけど、名前までは憶えてなかったなあ……」

「そうか。シヅキは先生にしか興味なかったんだもんな」

「一年のときはまだ片想いもしてねーよ」

怒って呆れるシヅキを、みんなで笑った。

店内に漂う昼下がりの淡々《あわあわ》とした雰囲気は、居心地がいい。そのまま四人で会話を続けて次第にうち解けてくると、先輩は意外にもシヅキを気に入った。

「シヅキはいい子だ」

シヅキには裏表がない。人間に対しても好き嫌いがはっきりしているので、先輩もすんなり心を許せたみたいだった。自分が先輩と再会したときの激しい警戒っぷりを振り返ると複雑ではあるものの、ほっとした。

「シヅキみたいな奴、好きですか？」

喜びをこめて訊いたのに、

「妬《や》いたの」

と、間髪入れずに返された。

「ち、違いますよ」

「動揺してるじゃないか」

「いいえ、俺にはこんなふうに懐いてくれなかったなとは思いましたけど」

「あのときの幸一は嫌いだったからな」

「うっ……」

先輩はすましてコーヒーをすする。

先生が「嫌われるようなことしたのか？」と笑うから、「違いますってっ」と慌てた。

「ちょっとぎこちない態度になったんです」

「緊張してヘマしたとか？」

「先輩の性格をよく知らなかったから、上手く話せなくて困っただけですよっ」

「話しかけて困る相手に、どうして声かけたんだよ」

「それは、流れっていうか……無意識っていうか……」

「へえ。加藤は無意識に声かけるほど槇野のことを好きだったのかー」

「あ、憧れてたんですよ、それだけですっ」

はは、と笑ったシヅキが先輩に笑いかけた。

「でもいまは槇野先輩も加藤に声かけられたのを感謝してますよね」

新しいコーヒーを俺の前に置いて、飲みかけのカップを先輩の方へずらす。先輩はシヅキに微笑み返してコーヒーに視線を落とした。

店内に流れるピアノ曲が、いつの間にか変わっている。

その後三杯のコーヒーを先輩と交換して味わい、日が暮れてきた頃に席を立った。ぼちぼち夕飯の買い物がてらビデオを借りて帰らないと、寝るのが遅くなる。

俺と先輩を外まで送ってくれたシヅキはにっこりして頭を下げた。

「槇野先輩、またきてくださいね！」

「幸一がいいって言ったらね」

ふたりで手を振って別れ、帰路へつく。

道路にでると夕暮れ時の海岸がとても綺麗だったから、「電車はやめて、海岸沿いを歩きましょう」と誘ってみた。先輩の体調も心配だしな。

先輩は頷いて俺の横を歩いた。右に道路、左には海岸と海が広がっていて、地平線上に沈んでいく太陽が赤々と空を焼いている。潮の香りと冷たい風が気持ちいい。

「……いいお店だったね」

「ええ。先輩が気に入ってくれてよかったです」

「ふたりともいい人だった」

「そうですね。長居しても全然苦にならなくて」

夕日のオレンジ色が先輩の横顔を照らしている。なにも考えていないようでいて真剣な、心の読みとれない無表情。

「……幸一は、ふたりが恋人同士だっていつ知ったの」

「ああ。教えられたのは去年でした」

「それまで知らなかったの」

「知らなかったですね。ふたりも〝学校を離れてお互いの生活が安定したらきちんと恋人になろう〟と決めていたそうで、教えてくれなかったし」

先輩が頷いて、俯く。

「先生はシヅキのために学校を辞めたのか」

「あの人はもともと足が悪くて、一応〝走れない体育教師は務まらない〟って理由で退職したんですけど……まあシヅキとのことも理由のひとつではあったでしょうね」

「喫茶店は先生が？」

「いえ、先生の伯父《おじ》さんが昔経営してた店だって聞きました。亡くなって、譲ってもらったって」

「そう……」

ブロロと車が走り抜けていく。波の音とカモメの鳴き声が耳朶《じだ》を掠める。

先輩は長いあいだ黙って歩いていた。俺もとくになにも言わなかった。

やがて二駅すぎたあたりで先輩が海の方をむいて立ちどまると、俺も数歩歩いてから足をとめて振りむいた。

海のむこうで日が沈もうとしていた。今日最後の力を振り絞るように輝く太陽が眩《まぶ》しくて、目が痛い。風に先輩の髪が揺れる。綺麗な形をした鼻梁《びりょう》の影に魅入ってしまう。その瞳がすっと眇められて、なにか声をかけようとしたら、

「どうして」

と、彼が先に呟いた。

「どうして幸一は俺をふたりに会わせたの」

「……え。どうしてって、先輩とビデオを観てて、思い出したから……」

「本当に？」

あやふやにこたえる俺を戒めるような、厳しい声音に怯む。

「嘘なんて、俺、」

「幸一は俺を試したかったんでしょう」

試す……？

「同性愛者のふたりに会わせて、俺がゲイかどうか見定めたかったんだろ。俺がどんな反応をするか、俺が幸一を好きか、探りたかったんだろ」

刃物のような瞳で射貫かれて絶句した。……図星だ。そう認めたら、背筋に寒気が走った。

俺は先輩の反応を見たかったんだ。想像でしかなかった先輩の気持ちにこたえがほしくて、【kaze】に行けば解決するんじゃないかと期待して、無意識に行動にうつしていた。

俺から視線を外した先輩は、溜息を洩らした。

指先が震える。こんなに人間臭い欲を晒した俺に、先輩は絶望しただろうか。

「……すみませんでした」

嫌われるのを恐れて発した俺の情けない謝罪を、先輩は「知りたいなら、」と遮った。

「知りたいなら、訊けばいい。まわりくどいことしないで訊けばいいだろ」

「先輩、」

「気持ち悪いならそう言えばいいし、困ってるならでて行けって言えよ」

「先輩、俺は、」

「それとも幸一は幸せなふたりを俺に見せて羨ましがらせて、傷つけたかったの」

「いや、そんな、」

「俺は幸一に嘘を吐こうとは思わないよ。好きだよ。——幸一が好きだ」

車がけたたましいクラクションとともに通りすぎて、意識ごとさらわれた気がした。

「……幸一は、俺を傷つけたかったのか。傷つけて、俺の気持ちを知って、笑いたかったのかよ」

「ちが……先輩、俺そんなつもりじゃ、」

俯いた先輩の肩を咄嗟《とっさ》に摑むと、ほろっとなにかが落ちた。覗きこむと、涙が。

「幸一」

「……俺は、あんなふうに幸一と幸せになれない」

「先輩……」

「俺は、あんなふうに、幸一を幸せにしてあげられない」

先輩の目からほろほろ大きな涙粒がこぼれてきて、落ちていく。

俺たちがシヅキたちと違う決定的な部分は、久美の存在だ。

同性でも結ばれたシヅキたちと、彼女がいる俺に片思いをしている先輩。彼にふたりの姿がどう見えていたのか、俺はようやく理解する。

「幸一は、俺といても、幸せにならない」

数日前『先輩も雨が怖くなったりしますか』と訊いたときのこたえを思い出した。

——俺は幸一がでて行けって言うまででて行かないし、泣きたくなったらひとりで泣く。

先輩の涙が夕日に照らされて瞬いている。俺を幸せにできない、と泣く先輩に、俺は息苦しいほど掻き乱された。

涙が地面に染みて、ぽつ、ぽつ、と雨のように広がっていく。

「……俺は、幸一が好きだよ」

風呂の湯をぱんぱんにためて布団を肩まで被って、『寂しい』と言う先輩。

『幸一を月へ連れて行ってあげようと思ったよ』と夜空を指さした先輩。

俺との距離を保ったまま、決して嘘は吐かない綺麗な先輩。

「幸一が、好きだ」

先輩の手が拳《こぶし》を握り締めて震えている。俺がその腕を掴むと、顔をそむけて涙を拭った。

この人の気持ちは、いつの間にここまで膨らんでいたんだろう。

「……千切れそうだ」

腕で顔を隠した先輩が、奥歯を嚙み締めて呻《うめ》いた。

空は太陽の影も消え、しんしんと夜を迎えようとしている。景色も先輩もすべてが綺麗だ。

嬉しいとも気持ち悪いとも言えずに唇を嚙む自分だけが、汚くて醜い。そう思った。


三月下旬、春のまえの静かな午後。大学の図書館で用事を済ませて中庭に行くと、晴空から陽光が緩く降り注ぎ、温もった頰を冷たい風が撫でていった。

ベンチの前に佇んでいた久美がくるりと振りむく。

「幸ちゃん、先輩と初めて会ったときの話を聞かせて」

「先輩と会ったときのこと……?」

俺は買ってきたレモンスカッシュを久美に渡して、一緒にベンチへ腰かけた。

「どうしていきなり、そんな」

アップルティーを飲んで苦笑しても、久美は真剣な面持ちで真っ青な空を眺めている。

「幸ちゃんの好きな人のことだから知りたいんだよ」

どきっ、と心臓が跳ねた。間をつくったら駄目だ久美に他意はないんだから、と焦って、質問のこたえだけ考えようと努める。

先輩と、初めて会ったときのこと。初めて会ったときこと……。

「高校に入学して、バスケ部の見学へ行ったらいたんだよ。真っ黒い髪がのばしっぱなしのぼさぼさで、やたら長身で、猫背でひょろりとしてた。変な人でね、親切にいろいろ教えてくれるマネージャーより、俺、あの人のことが気になって」

「なんで変？」

「ひとりでぼうっと突っ立っててさ、遠くにあるバスケットゴールしか見てなかったんだよ。他の部員もまるでそこにいない人間みたいに無視して、孤立してたから」

「孤立……」

「だけど練習試合が始まった途端羽根がはえたみたいに走りだしてさ、敵の行動を読みとってボールを操ってゴールにむかっていって――で、スリーポイントシュートを決めたんだ」

「すごいね」

「でしょう？　でもやっぱり無表情だった。みんなが歓声を上げても〝よくやったな〟って感じで肩を叩かれても、それだけ。なんだか変わった人だなって思って」

「先輩は、バスケが好きじゃなかったのかな」

「ううん、好きだったはずだよ。けど勝ち負けでも友情でもない、べつのなにかを求めてたんじゃないかな。……それが原因かもしれない。俺が興味を持ったのは」

バスケットゴールを見上げていたあの人がなにを探していたのか、俺は知りたかった。

「俺、勝手にカラスってあだ名をつけてたんだよ」

「カラス先輩？　……そっか、羽根があるなんて羨ましいな」

久美は空を仰いで呟く。

「幸ちゃんはカラス先輩に一目惚《ひとめぼ》れしちゃったんだね」

胸に鈍い衝撃が走って、じんわり沁《し》みた。

「そうだね。あんなに憧れた人は他にいなかったよ」

精一杯明るく笑いつつ、憧れ、という言葉を強調する。

ふたりして沈黙すると、噴水の水音が一際大きく響いた。

「幸ちゃんに宿題をだしていい？」

立ち上がった久美が空に手をのばした。白いチュニックが風にふんわり浮かぶ。

「宿題？　なんだろう。難しくなければいいよ」

「うん。難しくないし、ひとつだよ」

「なに？」

「このあいだ話したでしょ、カラス先輩のお風呂の入り方と寝方の話。あのときわたしが先輩の気持ちをあてられた理由、いまはわかる？」

問いただされて、会話が蘇《よみがえ》ってきた。

――幸ちゃんが先輩の気持ちわからなかったのは、どうしてだと思う。

――俺が先輩をよく理解していないから、かな。

――わたしは幸ちゃんの先輩と一度も話したことがないよ。わたしの方が知らないよ。なんにもなんにも知らないよ。全然全然知らないよ。

あのとき久美は俺を睨んでいたのに、いまは酷く穏やかな顔をしている。穏やかで、真面目で、嘘を許さない顔。

「……ごめん、わからないや」

俺が正直にこたえたら、久美は頷いた。

「ん、いいよ。じゃあそれが宿題ね。考えてね。期日は決めないからわかったら教えてね。間違えてもいいし、正解するまで何回でもチャンスをあげるよ。だから考えるのをやめることだけはしないで」

考えるのを、やめることだけはしないで――〝わたしを忘れないで〟と、聞こえた。

「……わかったよ」

太陽が眩しくて、角度によって久美の表情がわからなくなる。きちんと見ていなくちゃ、とベンチを立ったら、同時に「久美ー」と呼ぶ声が聞こえてきた。目を凝らすと、噴水のむこうで久美の友だちのサオリちゃんとミカちゃんが手を振っている。

「わたし、今日はみんなと一緒にでかける約束があるの」

「あ、そうなんだ」

このままデートするんだと思いこんでいた俺は、気が抜けてしまった。

レモンスカッシュを一気飲みした久美が、肩の鞄をかけなおしてカップを潰す。

「サオリのバンドの練習を見に行くんだよ。幸ちゃんも今度一緒に行こう」

「いいよ、楽しんでおいでね」

「うん」

サオリちゃんとミカちゃんが話をしながら近づいてくる。

俺は久美を見返して、伝え忘れたことがあるような、このまま見送ってはいけないような、不安に似たもどかしさに苛まれた。いまなにかを言わなくちゃ、なにかがずれていく。離れていく。

危機感だけが鮮明で〝なにか〟は〝なにか〟でしかないまま、別れの瞬間がくる。

「幸ちゃん、大好き。……じゃあ、またね」

泣きそうな苦笑いで久美が首を傾げた。やめてくれ、そんなふうに笑われたら余計になにを言えばいいか見失うじゃないか、と焦《じ》れて、はっとした。

なんで久美を責めてるんだ、俺は。

バイトの休憩中、スタッフルームの椅子に座って久美のことを考えた。

久美が初めて『透明でいたいの』と言った日のことは忘れられない。

昔久美と付き合い始めて間もない頃、飲み会に誘われてふたりで行ったら場に馴染んでいない大黒《おおぐろ》さんという女の子がいた。仲間のひとりが連れてきた子だと聞いたけれど、声をかけても緊張して上手く受けこたえできないせいか、みんなが敬遠していた。

ところが大黒さんが席を外した瞬間に、それまで親切にあいだをとり持っていた三井《みつい》さんがころっと態度を一変させて、

『あの子うざいよね。ノリ悪いし根暗で、こっちまで気分悪くなるわ』

と笑ったら、久美が一喝したのだ。

『貴方の方がうざいよ。優しくしてたのに本人がいなくなった途端陰ぐち言うなんて最低』

ふたりの言い争いは、その後摑み合いの大喧嘩《おおげんか》に発展した。

店内で酒をかけあって、皿とグラスをいくつも割って、仲間たちと店員は真っ青になった。戻ってきた大黒さんも唖然《あぜん》としていた。

なんとか仲裁して店から逃れ、酒でびしょ濡れの久美をホテルへ連れこんでシャワーを浴びさせたあと『どうしてあんなことしたの』と問うたら、彼女は言った。

『八方美人な人、嫌いだから』

肩先を突いただけで再び暴れだしそうな鼻息の荒さだった。久美の潔さが恋しくなって、俺は抱き締めて宥めた。

『そりゃ三井さんには悪意があったけど、誰だって少なからず自分を偽ってるものだよ』

『わたしは偽らない。嫌なら嫌って言う。じゃなきゃ大黒さんは一生悪ぐちを言われ続けるし、三井さんはどんどん自分を嫌いになっていくでしょ。誰のためにもならないんだよ』

『久美は他人と上手くやっていくために、嘘を吐いたりしないの』

『しない。汚いことをしたくない。わたしは綺麗なのがいい。透明でいたいの』

――透明でいたいの。

あのとき久美がふたりを思いやってぶつけた怒りは、後々彼女たちにもちゃんと伝わった。大黒さんはミカちゃん、三井さんはサオリちゃんで、現在三人は親友同士だ。

いま思えば、先日先輩にも同じことを訴えた俺は、一年以上汚いままってことなんだろう。久美や先輩のように自我を貫いて上手くいくのは稀《まれ》だ、と危ぶんでしまう。正しいと思うことを、行動にうつす勇気がない。これはもはや性《さが》だ。

……俺は空っぽになったアップルティーのペットボトルを手持ちぶさたに転がした。

久美は正直な子だ。ミカちゃんは久美と付き合うようになってよく笑うようになったし、サオリちゃんも刺々《とげとげ》しさがなくなった。大惨事だった喧嘩も当人たちには大事な思い出で、ふたりとも『久美みたいに面白い友だちは他にいない』と笑う。

久美の影響を受けた人間は優しくなっていくのがわかる。俺自身、久美の純粋さに憧れたひとりに違いない。違いないのに、どうして俺だけは——。

「あ、加藤さん、お疲れ様です〜」

我に返って顔を上げると、バイト仲間の藤堂《とうどう》と里中《さとなか》がやってきた。里中が浮かれた調子で擦り寄ってくる。

「加藤さん、俺たちこれから呑みに行くんですけど一緒にどうですか？」

俺よりふたつ年下の里中は、小動物っぽくて人懐っこい。誰にでも平等に接するうえに、ちょっと天然なところが包容力もくすぐって人気者だ。

「呑み？」と俺が苦笑すると、藤堂が右横のテーブルに軽く尻をのせて肩を竦めた。

「加藤はまだ仕事があるよな。終わってからくるか？」

藤堂は同い年でホストみたいにおしゃれ。傍に寄ると香水の匂いがする。チャラチャラしたイケ好かない男かと思いきや、意外と気さくで細かいことに気づく奴だったりする。

呑みか……と考えると先輩の姿が過った。久美にも『まえはよくカラオケとか行ってたよね』と指摘されたっけ。本当に、いつから俺の生活は先輩を中心にまわり始めたんだろう。

「ン〜。やめておくわ、ごめん」

「わ、残念。また今度誘っていいですか？　俺最近加藤さんと全然呑んでないですもん」

「うん、ありがとう里中」

里中は項垂れて溜息をついてくれる。大げさだよ、と照れたけど、嬉しかった。

「おまえは俺とふたりじゃ不満なのかよ」と、藤堂が里中に突っこむ。

「藤堂さんとは毎週呑んでますからねー……」

「俺だって忙しいのに時間あけてるんだぞ」

「誘ってくるのは藤堂さんでしょうが。俺のことなんか暇つぶしとしか思ってないくせに」

「失礼だな」

「失礼なのはどっちですか、ったく」

俺をあいだに挟んでくち喧嘩しているが、こっちには痴話喧嘩にしか聞こえない。

「おまえら仲よしだね」

俺の一言に里中は膨れっ面になって「よしてください、藤堂さんは俺をからかって楽しんでるだけなんですから」と反論する。それすらおかしくて「あはは」と笑ってしまった。

藤堂に頭を軽く小突かれた。

「落ちこんでた奴がやっと笑ったな」

え……。

家に着いて「ただいま」と部屋へ行くと、先輩はベッドの隅で膝を抱えて窓の外の外灯を眺めていた。壊れかけていて、じじ、じじ、と白い光が明滅している。

振り返った先輩は物憂げな半眼《はんめ》で俺を見つけた。

「幸一、待ってた。会いたかった」

……一緒に暮らしているのに、会いたかった、なんて不自然だ。そう思ったけど俺は黙って頷いた。

鞄を下ろしてテーブルの前に座り、コンビニで買ってきた弁当をだす。先輩もベッドから降りてきて横に腰を下ろすと、ふたりで食事を始めた。

先輩にはシーチキンとおかかのおにぎり。俺はカルビ弁当。そして中央にはひとつだけのパックのアップルティー。

先輩を何気なく見ていると、今朝と同じ白い長袖シャツを着ているのに気づいた。

「先輩、今日は先に風呂へ入らなかったんですか？」

「入ったよ」

「でも、服……」

「これしかなかったから」

「俺の服、適当に着ていいですよ」

「適当……」

眉を歪めて考えこんでしまう。この人は俺のクロゼットや本棚に許可なく触ろうとしないのだ。

「すみません。じゃあ、かわりの洋服をだしますね」

俺は口内のカルビを咀嚼してからクロゼットに移動してしゃがんだ。なかを探って、黒い長袖シャツをだす。

「うん。これなら大きめだから着られるんじゃないかな」

先輩も横にくる。

黒はカラスの色だ。受けとった先輩は白いシャツをおもむろに脱いで、肌を露《あら》わにさせた。引きこもり気味で色白になった身体が薄暗い闇のなかに浮かぶ。黒いシャツを着ると、右手の甲を覆う袖に鼻先を寄せて、くんと嗅《か》いだ。

「……幸一の匂いがする」

そのままゆっくり両腕を自分の身体にまわして、服と、そこに染みついた香りを抱き締めるように、身を縮めていく。

「先輩」

「ン」

「……食事、しないんですか」

「するよ」

狭い部屋に沈黙が広がって、悄然《しょうぜん》とした。

テーブルの上に残った食べかけのおにぎりと弁当。

チ、チと鳴る時計の針。外を通り過ぎるバイクの音。
先輩の左腕で光る透明の数珠。

眠ったように目を閉じて、俺のかわりに俺の服を抱き締める先輩。

「今日は、彼女と会ったの」

俯いて拳を握り、

「……いいえ」

と、俺は嘘を吐いた。

窓の外の外灯がまた、じじ、と鳴る。

「幸一」

「はい」

「……幸一」

哀しいほど脆《もろ》い、自分の心の弱さを知る。

先輩は自分の身体を抱き竦めて膝に顔を埋め、ありがとう、と感謝を告げるような温かい声音で囁いた。

「――……幸一、ごめんね」

カラスの記憶

『Fly Me to the Moon』が収録されたCDは、ラックから滑って壁の隙間に落ちていた。

「……なにかを生める人ってすごいよね」

「生める？」

「音楽とか、映画とか、絵とか」

「ああ……」

「人を感動させられるなんてすごい。俺は壊したことしかないから」

外灯の光が入る部屋に『Fly Me to the Moon』が流れている。

俺の右横で膝を抱えている先輩の白い腕がそっとのびて、机の上にあるパンダのフィギュアを摑んだ。左手に持ちかえてもうひとつとると、そのふたつを足元に並べる。フィギュアを眺めている先輩の表情は安らかで寂しげだった。

俺は外灯に鈍く照らされる自分のパジャマのズボンを見おろした。

「先輩も人を感動させられるじゃないですか。貴方のスリーポイントシュート素敵でした」

先輩は瞼《まぶた》を伏せてしばらく黙してから、

「……ン」

とだけこたえた。

静寂はときに自分がいる空間の広さを歪ませる。じっと俯いて床だけ睨んでいると、狭い部屋にいるはずなのに酷く広い世界に先輩とふたりきりでとり残されている気分になった。

「俺、ずっと訊いてみたかったんですけど」

「……ん?」

「先輩はなんでバスケをしていたんですか」

先輩の指が二匹のパンダのフィギュアをむかい合わせてとまった。横顔を見たら、膝に唇をつけて微笑している。

「……気にしてくれてたのか。俺がバスケをする理由」

「はい。高校のときは声をかけづらくて、訊けずじまいで」

「そう」

リピートし続けている曲が、しばし間をあけて再びイントロへ戻った。

意識が一瞬だけ会話からそれた刹那、

「好きな人に教わったからだよ」

と先輩が言い、俺は頭を叩かれたような衝撃を受けた。

「……好きな人、ですか」

「うん」

「それは、先輩の、昔の……恋人?」

先輩は目を閉じる。

「ふたつ年上のバスケ部の先輩だった。スリーポイントシュートもその人に教わった」

ふたつ上。バスケ部の先輩。……あ、と思ったら、先輩はパンダのフィギュアの額をこつとぶつけて喉で笑った。

「俺たちと似てるね」

「……はい。俺は知らない人ですよね。名前とか、訊いてもいいですか」

「羽田野《はたの》瞬一《しゅんいち》。これも、あの人にもらった」

言いながら、パンダを離して左手首に巻いてある数珠を押さえる。俺が出会った頃にはすでに身につけていた数珠。透明な天然石は、水晶だろうか。

「そうなんですか……」

先輩は俺のうちへ居候すると決めた日、身ひとつでやってきた。家具も家電も、本やＣＤや洋服や靴すら持ってこなかった。物に執着がないのかと思いきや、でもこの数珠だけは外している姿を見たことがない。そこにこめられた想いとふたりの関係は、容易く察せられる。

「だから先輩はバスケが上手だったんですね」

先輩は机からもうひとつパンダのフィギュアをとって並べた。

「幸一がくれたものも、ずっと持ってるよ」

「え。俺、先輩になにかあげましたか」

頷いた先輩が示したのは三匹のパンダのフィギュア。

「ペットボトルのおまけ……ですか？」

「そう。大事にする」

「他にもたくさん買ったのに？」

「そうだよ。別れても幸一と一緒にいたくて買ってもらったから」

会計のときに目のあたりにする、先輩の申し訳なさそうな表情を思い出した。無駄遣いに敏感な先輩が、食玩とおまけに拘り続けた意味を知る。……心臓が引き裂かれるようだった。別れても、なんてどうして簡単に言うんだ、この人は。

「これ、可愛いですね」

先輩の手にあるパンダのフィギュアは、脳天気にくちを開けてバンザイしている。

「そう？」

「ええ。可愛いです」

『Fly Me to the Moon』の歌声と詞に先輩が見せてくれた月を連想した。あの日繋いだ手の体温がいまになって胸を抉《えぐ》る。この掻きむしりたくなる苦しさは、絶望なのか恐怖なのか。

「……先輩。俺、貴方のことずっとカラスって呼んでたんですよ。心のなかで」

「カラス?」

「貴方、カラスっぽいから」

無表情のまま首を傾げる仕草がまた動物的で、俺は苦笑した。

「俺はまだ生ゴミをあさったことはないよ」

「まだ、ですか」

「シーチキンとおかかのおにぎり、食べられなくなったら探す」

この人の黒くて鋭い瞳は、未来を見据えている。俺を幸せにできない未来を。

奪う恋もあるんだろうに表情や声音は無欲で、久美と俺の別れなど露ほども望んでいないのがわかる。

繰り返し響く歌声と明滅を繰り返す壊れた外灯。先輩の呼吸音と香り。世界の片隅で肩を寄せて座っているちっぽけな俺たち。

いまという時間は儚《はかな》いのだと気がつく。

……なんでみんな誰かを好きになったりするんだろう、と逃げだしたくなって暴言を吐けば吐くほど、俺は醜くなるばかりだ。

翌日、俺は大学の講義が終わってからひとりで【kaze】へ行った。

カウンターにはシヅキがいて、俺を見つけると「いらっしゃい」と笑んでカウンター席へ招いてくれた。

「コーヒーでいい?」

「うん、お願いします。……今日はひとり?」

「孝太郎さんは買いだしに行ってるよ」

「そっか」

シヅキがカップを用意してくれるのを眺めながら、先輩とここへきた日のことを振り返った。コーヒーを交換して飲んで、四人で談笑して、帰りに先輩が告白してくれて、泣いていて。涙が、大粒で。

「加藤も今日はひとりなんだね」

シヅキに含み笑いされて、つい苦々しさを顔にだしてしまった。

「加藤は近いうちにまたきてくれるだろうなあって思ってたよ」

「なんで?」

「槇野先輩を見てれば、なんとなくね」

シヅキと先生が同性愛者だからこそ会いにきたことは、全員に見透かされていたようだ。

情けなさに自己嫌悪する反面、ようやく相談できる味方を見いだせたからか、安堵《あんど》感で気が抜けた。

「……俺、バイト先であの人を見つけたときは、なんか子どもじみてるけどさ、プレゼントの箱を開く瞬間みたいに胸が弾んだんだよ」

コーヒーをもらって飲むと、歯どめがきかなくなって息をするぐらい自然に吐露していた。

「『電話なんかする気ないだろ』って拒否られても必死で番号を訊きだして、すぐ連絡して食事に誘った。話してるうちに先輩が家でひきこもってるって知って、放っておけなくなって、頻繁に食事に誘うようになって、」

「……うん」

「水道代とかどうやって払ってるのかなって疑問に思い始めた頃、先輩の家の電話がとめられて通じなくなっちゃって、家に行ったら鍵《かぎ》も開け放したまま部屋の真んなかで膝抱えて座ってたんだ。……それから俺のうちに頻繁に泊まるようになって」

物の少ないがらんとした部屋だった。電気もとまっていたから真っ暗で、人の住む場所とは到底思えなかった。そこで黙って窓の外を眺めていた先輩の背中は頼りなくて、孤独で、ぞっとした。

「俺……あの人を見捨てることなんて、できない」

灯りがなければ暗くなるとか、食事しないと飢えるとか、まるでわからないみたいだった。感情を根こそぎ失って、ただそこにいるだけのカラス。

シヅキは椅子に座って頬杖《ほおづえ》をつく。

「なんか初恋の人の話をしているみたいだな」

「……なに言ってるんだよ」

普通は男が男に恋なんてしない。

「不思議だったんだよ。なんで加藤は高校の頃、俺に先輩の話をしてくれなかったのか」

「それは……憧れてただけで、会話もしたことがなかったから、」

「本当にそう？」

久美の言葉が追いうちをかけた。

――幸ちゃんはカラス先輩に一目惚れしちゃったんだね。

「加藤は特別秘密主義ってわけじゃなかったから、いつもなら教えてくれたはずだよ。自分でも意識してない心のどっかで常識に対するうしろめたさがあったんじゃないの？」

「ばかだな、たまたまだろ。シヅキは帰宅部だったから部活の話したってしかたないし、先輩だって不良みたいに校内で暴れまくってて有名だったならまだしも、部内でバスケが上手かっただけで、キャプテンだったわけでもなかったから……、」

記憶に刻みこまれている先輩の、ゴールを見つめる横顔や、校舎を歩いている姿や、ぼさぼさの髪、腕の数珠が次々と蘇ってくる。

むかい合って話した経験などなく、毎日一方的に見つめ続けた自分の視線の先の先輩を、憶えている。あの人は俺の名前すら知らなかったけど、俺は忘れていなかった。忘れられなかった。

なんで俺は不利な立場に立たされて怯《おび》えると、相手を蔑《さげす》んだり責めたりしてしまうんだ。シヅキを味方だと感じて縋《すが》ろうとしたくせに、非常識さが身に迫ってくるとシヅキや先輩をひと括《くく》りにして、そっち側の人間じゃないと主張したがる。常識的であろうとして、非道な人間になっていく。

「久美ちゃん、だっけ。おまえの彼女」

シヅキが息をついた。

「なんにせよ、加藤が迷い続けてたらみんなが困るのは事実だよ」

胸がずきと痛んで項垂れる。傷つくのはおまえじゃないだろ、と自分を罵《ののし》って俯くと、シヅキが俺の手の甲をぽんと叩いてくれた。

「加藤のその反応は、普通だと思うよ」

落ちこむことない、と宥められると余計に自分の愚かさが浮き彫りになった。

シヅキは自分が非常識だと認めている。認めて、それでも先生と生きる未来を選んだんだ。俺が〝普通〟だなんて、おまえが言うのはおかしいよ。おまえも久美と先輩と同じで綺麗じゃないか。どっちつかずの俺が、選んで捨てることもできない俺が、みんなに優しい顔する俺だけが、最低だ。

カランとドアのベルが鳴った。

「おお加藤、きてたのか～」

先生だ。シヅキが「おかえりなさい」とすぐに先生のところへ行って荷物を半分持ってあげる。足の悪い先生を気づかってのことだろうが、先生は礼を言うでもなく馴染んだ態度でシヅキに荷物を渡した。

「客は加藤だけか」

「はは。孝太郎さんが外出したあと、みんな帰っちゃったんだよ」

ふたりは何気なく会話を交わしながらカウンターに入っていく。

「道路は混んでなかった？」

「大丈夫。平日のこの時間はやっぱりいいな。店もすいてて買い物が楽だった」

「よかった。心配してたんだよ、重たい物ばかり頼んじゃったし」

「元体育教師はそんなにやわじゃありませんよ」

ふたりから滲《にじ》みでる空気は夫婦より夫婦のようだった。支え合うことを当然としていて、自分に欠けたものを補うためにつがいになったんだ、と納得させられる。

「……なんだかいいですね、ふたり」

先生がカウンターテーブルを拭きながら目をまるめる。

「どうした、改まって」

「いえ、すごく幸せそうだから」

「おやじっぽいぞ加藤」

先生の目元に柔和なしわが浮かんだ。

「加藤の方はどうなんだ。思い悩んだ顔してるぞー」

そうからかわれて本来の目的を思い出す。そうだった。今日【kaze】へきたのには理由があったのだ。

「うん、えっと、そうでした——先生、ある卒業生のことを教えてくれませんか」

「卒業生?」

コーヒーをひとくち飲んで深呼吸する。本人のいないところで詮索するのは気分のいいものじゃないけれど、容姿や成績などの些細なデータを得て人物像が具体化するだけでいい。逆に、それ以上のなにかが一生徒にあるとも思えないし。

「羽田野瞬一って人です。憶えてませんか? バスケ部の生徒だったらしいんですけど」

先生は記憶を手繰って悩むかと思いきや、見る間に厳しい表情になって腕を組んだ。

「……よく知ってるよ。忘れられるはずもない。交通事故で亡くなった生徒だろう?」

——え。

「大学も無事に合格して、卒業した直後だったな。これからってときだったのに……幸か不幸か、俺が教師でいたあいだに出席した生徒の葬儀は羽田野だけだったよ」

「……亡くなった、んですか」

「それは知らなかったのか?」

瞬間、俺の心を占めたのは先輩が自室の中央で膝を抱えて夜空を見上げていた、あの背中だった。途方もなく孤独で空っぽな、か細い背中。……俺が名前を呼んだら、ゆっくり振りむいた先輩は、幸一、と消えそうな声で呼んだのだ。

「おい、加藤。まさか羽田野と槙野は関係があったのか?」

先生に肩を揺さぶられて、はっとした。

「い、いいえ。なにも」

「本当か? じゃあどうしておまえが羽田野を知ってたんだ」

「それは、その……バスケの上手い人がいたって、話を、聞いただけで、」

思考が追いつかない。ただ、いくらシヅキと先生といえど軽々しく暴露していい事情じゃないのはわかっていた。

「加藤、大丈夫?」

シヅキも訝しげに俺をうかがう。

「平気。ごめん。まさか亡くなっていたとは思わなくて。……驚いた」

「驚いただけならいいけどさ」

さっきまでの和やかな雰囲気が、重たく濁ってしまい、俺は慌てて笑顔を繕って「すみません、ほんと」と両手を振った。

「そういえば俺、先生にもうひとつ訊いてみたいことがあったんだ。シヅキのことをなんで好きになったんですか？　顔？　性格？」

へらへら笑う自分が不自然なのは自覚していたが、おどける他に手立てがない。先生とシヅキが目を瞬いて顔を見合わせても、「生徒だったのにさー」と茶化していたら、先生は、しかたないな、というふうに苦笑した。

「生まれて初めて運命を感じちゃったんだよ」

……運命。奥さんがいたのに、先生の運命の相手はシヅキだったのか。


夜がこんなに暗いと思ったのは初めてかもしれない。

先輩の恋人は亡くなっていた。安っぽいドラマのような出来事が信じられないというよりは、その事実をしっかり受けとめて、受けとめきれずに持て余していた。地面を踏みしめるたびに感情ごと崩れ落ちていく気がする。

でも反対に、納得している自分もいた。あの人をもぬけの殻にしたのは羽田野さんだったのだ。バスケットゴールの先に見据えていたのも、自分の人生に執着しない原因も、すべて羽田野さんだった。

先輩はこの夜道よりももっと暗い日々を、ひとりで歩き続けていたんだろうか。

……人が死ぬって、どれぐらい辛いんだ。恋人が死ぬって、どんな絶望を味わうんだ。両親、祖父母ともに健在で、いまだ身近な死を体験したことのない俺には想像もできない。感情が複雑に絡み合った頃、ボールが地面にうちつけられる音が聞こえてきた。え、と見まわしたら、横に公園が。

「先、輩……」

公園の外灯の光の下に、サッカーボールをドリブルする先輩がいた。黒いシャツにジーンズの薄っぺらい格好で、首に巻いたマフラーが落ちてくるのをよけつつ中腰の体勢を保っている。空気の抜けたボールは上手く弾まず、長身の先輩が腰を落としてボールをつくさまは不自由そうでしかない。

けれど次の瞬間、彼はボールを手に持ってすっと背筋をのばし、ぼろぼろに朽ちたバスケットゴールを見つめて飛び上がった。まっすぐ浮かんだ身体と、整った両腕。指先から離れたボールは風にのって鮮やかな弧を描き、ネットが千切れたバスケットへむかって行く。

俺は息をとめて魅入った。たった一瞬の出来事だった。

ボールはバックボードにぶつかることもなく、リングの中心をすり抜けて地面に落ちた。ぼむんぼむん……と、腑抜《ふぬ》けた音とともに転がっていく。

高校の頃、一目で心を奪われたスリーポイントシュートに、いまもまた胸が震えている。この一点の迷いもないシュートは羽田野さんに教わったと言っていた。見ているんだろうか。

二度と会えない羽田野さんとの、幸せだった日々を。

「……幸一」

先輩が俺に気がついた。

「幸一、待ってた。お腹《なか》すいた」

踏みだそうとして俺と目が合うと、やめる。なにかを見透かしたのか、それとも俺との関係に〝ここまで〟という線引きをしているのか。どちらにしても堪らない、と思った。

目線を合わせたままこっちからゆっくり公園へ入ったら、先輩もすこしずつ近づいてきた。むかい合って立ちどまると、先輩の髪が風に流された。

「彼女と会ってたの」

俺は頭を振った。

「【kaze】に行ってました」

「彼女と?」

「いいえ。ひとりで」

「……そう」

糸のほつれたマフラーを首に巻きなおしながら、先輩は目を伏せる。頬も凍えて赤い。

「幸一は〝kaze〟って、どんな〝風〟だと思う?」

「どんな……? 考えたこともありません」

「俺は春風だと思ったよ。あのふたりみたいに疲れた心を癒《いや》してくれる暖かい風」

どきりと緊張した俺から離れて、先輩はサッカーボールを拾いに行き、拾うと、またバスケットゴールを見上げる。

「幸一、俺のことで悩んでるの」

嘘をついてあとからばれるよりましだ、と頷くだけで返事をした。先輩はボールについた砂を払って微苦笑する。

「苦しくなったらいつでも言ってね。俺、でて行くから」

笑顔で宣告されると、掌から鳥が飛び立つような喪失感が胸に穴を開ける。……別離とは、この人にとってどういうものなんだろう。

「先輩は苦しくないんですか」

「苦しいよ」

「ならなんであっさり、でて行くなんて」

「幸一を苦しませたくないからだよ」

「俺は貴方の方が心配です！」

「俺は大丈夫」

「そんなの嘘だっ、俺の家をでたら住むところもないじゃないですか、食べ物だっててっ」

「身体は死んでもいい。心が満たされているのなら」

先輩の目が鋭く尖った。

死、という一言に怯んで思わず一歩退《ひ》いたら、足元で砂がじゃりっと鳴った。たったそれだけで、先輩は俺の動揺を敏感に見抜いてしまう。

「……そうか。先生に訊いたのか」

俺がくちごもると、先輩は唇を緩めて笑った。

「俺、重たいだろ」

「いえ……俺は、離れるのが怖くなりました」

「でて行けって言うならいまだよ」

「だから無理だって言ってるじゃないですかっ」

「……幸一はわかってないね」

歯痒《はがゆ》さが苛立ちに擦りかわる。俺が声を荒げて足掻くほどに、先輩の心は研ぎ澄まされて鎮《しず》かになっていくようだった。

「幸一は、ひとりになる感覚ってわかる」

「……ひとり、ですか」

「身体の真んなかに氷みたいな空洞ができて凍えるんだよ。氷は溶けないままで、そのうち腕にも脚にも目にも力が入らなくなって、胸の中心だけがすかすかに冷えていく。そして気づく。ああ自分は孤独なんだ、って」

「先輩……」

「俺は幸一に会ってから幸せだった。もう十分だよ。いつ死んでもいい」

そこに羽田野さんがいるから？　また会えるから？

「よしてくださいっ。普通は幸せになったら〝死にたくない〟って思うんですよ」

「死ぬのは怖くない。これ以上幸せになる方が怖い」

「どうして」

「いま俺の幸せは、幸一の痛みが代償になってできるからだよ」

「それは……俺も、貴方が、大切だから、しかたな、」

「俺も幸一が大切だよ」

「俺より自分を大事にしてくださいよっ。危なっかしくて余計離れられなくなりますよ！」

「いいんだよ、幸一。捨てたくなったら捨てればいい。俺は幸一を脅迫してるんじゃない。愛してるって言ってるだけなんだよ」

愛……。

「幸一」

先輩の無欲な言葉のなかに、根強い想いがある。

俺は焦れる一方で、罪悪感に縛られて身動きできずにいた。先輩に届きたいのに届けない。もっとなんでも、望むものを全部すべてあげたいのにあげられない。久美の存在が過ぎる。

愛なんて、俺には言えない。

「……幸一」

強張《こわば》って俯いていると、先輩が戻ってきた。俺の頬に右手をのばして触れる寸前で躊躇《ためら》い、指を軽く握って、下げる。寒空の下で澄んだ冬風にふたりきりで晒されて、芯まで冷え切って酷く虚《むな》しくて、苦しかった。

……いったい俺たちのなにが間違っていたんだろう。先輩と再会したとき俺は嬉しかった。嬉しかった。嬉しかったのにあの瞬間からなにもかもが間違っていたんだろうか。

「幸一のせいじゃないよ。俺が勝手にひとりになる覚悟をしたんだよ」

人間は必ず死ぬんだから、俺もいつか大事な人を亡くすかあるいは遺《のこ》して逝くに違いない。俺は先輩が死ぬ姿を見られるのか。先輩は俺が死ぬ姿を見ていてくれるのか。そのどちらも叶《かな》わないのか。

先輩が死んでいまより孤独な場所へ逝くときさえ、この頼りない背中を抱けないなんて恐ろしい。こうやって目の前にいても、触れないのに。

「……高校の頃、先輩が笑わなかった理由が、やっとわかりました」

震える声で切れ切れに伝えると、

「いまは笑ってるよ」

と先輩は寂しそうに言って、サッカーボールを地面に落とした。

空気の抜けたボールは重たげに弾んで転がり、俺たちの足元に停止した。

湯船には今日も湯が溢れていた。

風呂からでて部屋へ戻ると、先輩がベッドの上で壁にもたれて窓の外を見ている。俺もタオルを首にかけたまま横に並んで座り、ぼんやりと部屋を眺めた。

浴室からボディシャンプーの香りが漂ってくる。俺が右膝を立てて手を置くと、その手の甲を先輩が見つめた。彼の方に頭を傾けて、俺はすこし近づく。

……と、そのときテーブルに置いていた携帯電話が鳴りだした。室内に『Fly Me to the Moon』が響き渡って思わず引きつる。先輩は無反応。

咄嗟に携帯電話をとって音を切ったら、メール画面に『幸ちゃん、明日動物園に行こう』とあった。

「彼女、なんて」

先輩の声には感情がない。

「……明日、でかけようって」

「そう。暖かくなってきたからデートは楽しそうだね」

見返してみると、優しげに微笑している。

着信音の『Fly Me to the Moon』がこびりついて、しばらく頭から離れなかった。

「すごいよ幸ちゃん、フラミンゴ綺麗！」

横にいた久美が走って行った。すぐに身を翻して、ポニーテールに結った頭を傾げる。

「幸ちゃんもはやくおいでよ！」

「待ってよ。久美、走るんだもの……」

手前のフラミンゴは寒いのか、棒きれに似た細い足で足踏みしていた。桃色の羽根が、ときどきふるふるっと震える。

「今日も一本足で立つのが上手だね、富良野《ふらの》さん」

久美はとくに気に入った動物には名前をつけていた。フラミンゴの富良野さん、シマウマの嶋《しま》さん、リスザルの猿岩《さるいわ》さん、アライグマの新井《あらい》さんという具合に。でも顔を見分けられるわけではないのでフラミンゴは全員、富良野さんだ。

「相変わらず変な名前だね」

「名前をつけるのは親しみを感じた証《あかし》だよ。幸ちゃんが先輩をカラスって呼ぶのと同じ」

突然名前をだされて俺が言葉を詰まらせると、久美は笑って流した。

「次行こう、幸ちゃん」

……小高い丘の上にあるこの動物園は、俺と久美にとって暗黙の〝仲直りの場所〟だった。

いつの頃からか喧嘩をするとここへきて、動物を眺めながら徐々に会話を増やし許し合って、帰り際には仲直りするのが常になった。市営のちいさな動物園だから動物との距離も近くて面白いし、平日は来園者も少ないので穴場でもあった。

「天気がよくて空も綺麗だね」

真っ青な空にむけて、久美がデジカメのシャッターを切る。ワンピースを着た華奢な右肩には大きなトートバッグが提がっていて重たそうだ。

「久美のポニーテール、ちょんまげみたいだね」

「変……？　幸ちゃんが変だと思うならやめる」

「え、ううん。変じゃないよ」

「よかった」

久美は屈託なく笑う。

「昨日泉水君たちに会ったら『加藤は付き合い悪いよな～』ってぼやいてたんだよ」

「また？」

数週間前にも『最近泉水君たちと遊んでる？』って訊かれたな。

「わたし、今日帰ったら自慢するよ。幸ちゃんとデートしたって」

「そんなの自慢にならないよ」

「なるよ」

得意げに胸を張った久美が、今度はデジカメのピントをシカの寝顔に合わせる。撮り終えて再び歩きだすと、ごくごく自然な素振りで俺の手に指を絡めてきた。自分から久美に触るのは躊躇うが、久美が触ってくれるとにわかに安堵してしまう。その浅ましさに耐えかねて、俺は会話が途切れるたび、沈黙から逃れるように溜息を繰り返した。

喧嘩をしていないのに久美が今日この場所に誘ってきたのは明らかに不自然だったけど、俺は黙ってついてきた。ここで〝仲直り〟する必要があるんだと思った。

「子どもって元気だね、幸ちゃん」

動物園の先の岬《みさき》にある公園にむかって、数人の子どもがはしゃぎながら駆け抜けて行く。

「久美とさして変わらないよ」

「えっ、そうかな。わたし、あんなに元気そうかな……」

〝貴方のせいで元気ないのに〟と聞こえてぞくりとしてしまった。神経が、罪悪感のせいで過敏になっている。

ゆっくり歩いて俺たちも公園に入ると、隣のオウム・インコ舎の傍にあるベンチに腰かけた。久美は鞄のなかを探り、

「はい、お弁当。わたしおむすび作ってきたの。幸ちゃんお腹すいたでしょう?」

と、三角形の銀色の包みをくれる。

「ありが、とう……わざわざ作ってきてくれたんだ」

こんなことしてくれるのは初めてだ、と困惑したら、久美はちょっと不機嫌になった。

「わたし〝わざわざ〟って言葉嫌い。〝面倒なのに嫌々してくれてありがとう〟って言われてるみたいだから」

「い、嫌々なんて思ってないよ、本当に嬉しい」

「うん。わたし幸ちゃんと食べたくて作ったんだよ」

俺の手におにぎりをふたつくれる。「なに味かは食べてからのお楽しみね」と、いたずらっぽく笑う仕草はいつも通り明るい。俺がはあと息を吐いておにぎりを食べ始めると、久美もおかずのタッパとジュースを用意してからおにぎりを頬張った。

風が吹いて頭上の木の葉が揺れ、その音に呼応するようにオウムとインコの鳴き声が響き渡る。……先輩は今頃なにをしているだろう。ベッドの上でまた膝を抱えて、蹲っているんだろうか。

「幸ちゃん。わたしになにか訊くことない？」

「久美に訊くこと……？　とくにないよ？」

「……そっか」

俯いた久美の掌には、鮭《しゃけ》が覗くおにぎりがある。

「幸ちゃん。わたしね、いま詞を書いてるんだよ」

「し？」

「うん。このあいだサオリのバンドの演奏を聴きに行ったでしょう？　あのときわたしも歌わせてもらったんだけどみんなが大笑いするぐらい下手で、だったら作詞してみないかって誘われて」

「ああ、なるほど。うん、久美には文章の才能がありそうだね」

「才能はわかんないけど書くのは好き。もう十曲以上書いたよ」

「そんなに？」

会わないあいだに久美の時間も進んでいるんだ、と実感した。久美は久美なりに出会いを見つけて趣味を広げて、楽しんで生きているのだ。

「わたしが書く詞、気になる？」

でもそう訊かれて改めて考えると複雑だった。

「うーん……それってやっぱり恋愛とかなんでしょう？　生々しくて恥ずかしいな」

「恥ずかしいの？」

「自分のことかな、とか考えちゃうかもしれないし」

「恥ずかしいのか……今度ライブがあるからチケットあげようと思ったのに」

肩を落として沈んだ久美を、慌てて宥める。

「ご、ごめん。なら、せっかくだから一応もらうよ」

「一応、なの？　サオリたち一生懸命歌うんだよ」

「……行きます」

降参して頭を垂れたら、久美はにっこり微笑んで鞄のなかから分厚い手帳をだし、そこに挟んでいた紙片をくれた。

「わたしは舞台袖にいるけど、同じ場所で聴いてるからね。待ってるね」

久美が「サオリはウィスパーボイスでとても素敵なんだよ」と興奮する。

「詞を書くようになってからは、講義中とか電車に乗っているときとかに思いついた言葉を手帳に書きとめてるんだ。文字にすると自分の考えも好みもわかって面白くて」

俺は久美の擦り切れた手帳を見ながら相槌《あいづち》をうって、『Fly Me to the Moon』の歌詞を思い出していた。

──わたしを月へ連れて行って。つまり手を繋ぎたいの。キスをして欲しいの。

──貴方だけがわたしのすべてなの。ずっと嘘を吐かない人でいて。つまり愛しているの。

「……ねえ。久美は、俺が死んだらどう思う」

「え」

「先輩が付き合ってた人と死別したらしくてさ。……なんだか、気になっちゃって」

言いながら、先輩の話題をだすのはよくなかったかと予感したが、一度くちにした言葉は消し去れない。

久美の瞼がゆっくり下がって、伏し目がちになった。

「……わたしは幸ちゃんが死んだら辛いよ。幸ちゃんのなかから自分が死んでも辛いよ」

　俺のなかから、死ぬ……？

「幸ちゃん……恋人は哀しいね。友だちと違って別れがあるもん」

――いいんだよ、幸一。捨てたくなったら捨てればいい。俺は幸一を脅迫してるんじゃない。愛してるって言ってるだけなんだよ。

「友だちにだって、別れはあるよ」

　反論につい怒気がまじった。

　離れることを哀しみだと言う久美。愛だと言う先輩。どちらが正しいわけじゃないけれど、久美は甘えている、と苛立ってしまって、でもすぐ反省した。

「……いや、ごめん久美。怒ってる？」

　謝って訊き返すと、久美は上目づかいで俺を探る。

「幸ちゃんは、わたしがどんなことで怒ると思ってる？」

　どんな、と言われると具体的にこたえられない。言い淀《よど》んで言葉を探し、見つからなくて焦り始めたら、久美が怖くなってきて視線をそらしてしまった。

　この動物園では仏頂面した久美を何度も見てきた。会う約束を守れなかったり、半同棲中に夕飯を一緒に食べなかったりして喧嘩をしたとき、シカも寄りつかないほど怖い顔をしていたのだ。でもあの頃のつまらない喧嘩の数々は、関係を切るためじゃなく深めるための段階のひとつでしかないと、お互いが感じていた気がする。

毎日久美のことを考えて、離れていても傍にいると錯覚するほど想っていたし久美も同じだと信じていたから、どんな諍《いさか》いも怖くなかった。怖がる余地もなかった。真正面にいる久美をこんなに遠く感じる日がくるなんて、考えたこともなかった。

久美が息をついた。笑んだのか失望したのか、俯いていた俺には判然としなかったけど、

「……宿題、頑張ってね」

その声だけは優しく響いた。


鍵を開けて家に入ると、室内の暗さと静けさが迫ってきて竦んだ。

「……ただいま」

喉を絞って声をかける。靴をぬいで奥の部屋へ行ったら、先輩はすでに眠っていた。

寝顔を眺めながら鞄を下ろしてレンタルしてきたビデオの袋を置くと、壊れかけの外灯がじじと瞬いて彼の姿が一瞬だけ闇に覆われた。

机の上にはパンダのフィギュアと『Fly Me to the Moon』のＣＤケース。歌を聴きながらフィギュアをいじっていたんだろうか。今日一日、ひとりで。

ベッドに腰かけて先輩の額に手を置いてみる。そっと撫でると、柔らかい前髪が指先をくすぐった。薄い唇から吐息が洩れて、すぅと空気に紛れていく。生きている。

「……先輩」

この人を抱きたいとか、抱かれたいとか思えない。でも欲しい。

絶対的な繋がりが欲しい。この人が二度と孤独を味わわないですむような安心感を、他の誰かじゃなくて俺があげたい。

働きたくなければ俺が生活の面倒を見るし、食玩でもなんでも買う。

ビデオもまた毎日観よう。風呂の湯だとか布団だとかにばかげた縋り方をしなくてすむように、俺に縋っていいんだとすこしずつでいいからわかってもらいたい。そしてどちらかが死ぬまで一緒にいよう。

この人が好きだ。救いたいし生きていてほしい。傍にいてほしい。

恋愛や肉欲は人と人との関係を維持させるが、繋ぎはしない。繋ぐのは情だ。

でもこれも裏切りなのか……？　久美も先輩も裏切っているんだろうか、俺は。

幸福という孤独

先輩と生活を続けていくなかで、自然とできた約束事がある。

洗濯をするのは先輩。服をたたむのは俺。

燃えるゴミを捨てるのは先輩。燃えないゴミを捨てるのは俺。

カレンダーを月初めにめくるのは先輩。夜に観るビデオを借りてくるのは俺。


バイト帰りに店内を横切ると、後輩が安売りのワゴンのなかに『天使にラブソングを』のビデオを並べていた。

「お疲れ。……それ、ワゴン落ちなの？」

「お疲れす。そっす、売れるといいんですけどねー」

最近はもうＤＶＤが主流だし、古い作品で複数入荷していたビデオは一本だけ残して徐々にワゴンへ並べられていく。でも特価にも拘《かかわ》らず売れることは滅多にない。そのうち袋が破れて埃《ほこり》を被り、たまに覗きにくるお客さんの手垢《てあか》で黒ずんでしまうだけ。

「結構たくさんあるね」

俺は『天使にラブソングを』をひとつ手にとって眺めた。

「当時は人気あったんじゃないですかね。俺はよく知らないんですけど」

「あれ、観たことない？　ウーピー・ゴールドバーグが有名になった作品だよ」

「カタカナの役者の名前って苦手なんですよねえ」

「『ゴースト』で占い師の役もしてたけど」

「ああ、そっちはわかります。あ～……あの人かあ」

後輩は適当に相槌をうっている。

「おまえ、あんまり映画に興味ないね？」

「ばれました？　俺そんなに映画観ないんすよ、話題になったのをなんとなく知ってるぐらいで。『ゴースト』は死んだ恋人が会いにくる話でしょ？」

……そうだ。恋人が死ぬ話だった。

「俺泣きましたよ。加藤さん涙もろそうだからびーびー泣いたんじゃないですか？」

笑いながらからかわれて、「いや……」と返事を濁してしまった。

好きな映画は何度か観るタイプで『ゴースト』は久美とも半同棲中に観たけれど、あの頃の自分を、うまく思い出せない。

「まあ、じゃあ『天使にラブソングを』のビデオ、買うよ。明るい気分になりたいからね」

「え、買うんですか？　ビデオですよ？」

「俺は金ないからＤＶＤなんて買えないの」

「バイトして稼げばいいじゃないですか。映画好きなら尚更ですよ」

「うちはカラス飼ってるから、食費もばかにならないんだよ」

「からす⁉」

後輩の素っ頓狂な一声が店内の隅っこに響き渡って、俺もつい笑ってしまった。

夕飯を終えて風呂からでたら、先輩はベッドで膝を抱えて机の上の食玩を眺めていた。

俺がビデオをセットして彼の横に座ると、ＣＭが終わって映像が切りかわった途端、ぴたっと手をとめて画面を凝視する。

「幸一……」

俺はちいさく噴いてしまった。喜んでくれたのがわかったからだ。

「これレンタルしたんじゃないんですよ。買ったんです」

灯りを消して映画を観やすくする。俺の行動をじっと目で追いかけていた先輩の睫毛《まつげ》が、わずかに震えた。

何度観たら飽きるんでしょうね、と俺は笑い話にしない。

もう飽きたよ、なんて先輩も言わない。どうして買ってきたの、とも。

先輩の眼力を至近距離で受けとめていると潰されそうになった。羞恥と緊張が入りまじって瞬きの回数が増える。でも見返す。傍に俺がいるんだ、と感じてほしくて。

テレビから俳優の声が聞こえてきて、映画が始まると先輩の頬に色とりどりの光が照ってちかちか切りかわった。

「……俺、幸一に会った日、もう死のうって思ってたんだよ」

「会った日って、レンタルショップで再会した日ですか」

「そう。やるべきことが全部終わったから〝死ぬときがきたんだ〟って納得したんだ」

先輩は淡々《たんたん》と話す。最期の話なのに、明日の夕飯の話題と変わりない抑揚。

俯いた先輩を盗み見つつ、俺も左足を上げて頬をのせた。

「終わったって、なにがですか？」

「大学も家族も金も、全部だよ。うちに帰れば大家さんがドアをどんどん叩いて『でて行ってもらいますよ！』って家賃の徴収にくるし」

「そりゃ怒りますよ」

「最後にもう一回笑ってみたいと思ってでかけたら幸一に話しかけられた。救世主だった」

……救世主。

「そのわりには電話番号をなかなか教えてくれなかったじゃないですか」

「最初は警戒したんだよ。でも幸一が『一緒に食事に行きましょう。会いたいです。あそこでバイトしててよかった。貴方がきてくれてよかった』って笑った声は一生忘れない。幸一ともう一度生きてみようと思った」

先輩の言葉の端々から、羽田野さんを亡くした絶望の日々が垣間見《かいまみ》えた。救われる人間の喜びの強さは、絶望の深さと同等なはずだ。

「……先輩の親はどんな人たちなんですか」

「普通だよ。自分の息子が男と恋愛するなんて、永遠に理解できないぐらいね」

テレビから軽快な歌が流れてくる。綺麗で明るい歌声が、どうしてなのか寂しい。

「じゃあ、羽田野さんが亡くなった理由は……?」

先輩が膝の上に突っ伏して腕に顔を隠す。左腕を摑む右手は次第に拳を握り締め、爪がシャツの袖に食いこんで不器用なしわをつくった。

「……幸一。訊くなら覚悟してね」

「覚、悟……ですか」

「全部知った途端逃げるなら最初から近づくな。幸一に甘えるのは、俺も怖いんだよ」

この人が引いていた一線を割いて、絆《きずな》を深める覚悟か。

「……わかりました」

先輩の足元でパンダのフィギュアが倒れた。右手で先輩の左腕を撫でると、震えている。

「……本当は赤信号だった。あの人はゲイじゃなかったから、最初は好奇心があってもだんだん周囲に目が行くようになると苛々しだして、恋人かどうかって話になると喧嘩するようになった。それで腹を立てた俺が、あの人の背後を指さして『信号、青に変わりましたよ』って嘘吐いたら、次の瞬間撥《は》ね飛んで血で真っ赤になってた」

不慮の事故じゃなく、先輩との言い争いが原因だった……？

「本当に好きだった。あの人といると他人に優しくなれた。俺の人生を変えてくれた。なのに最期にあの人が見た俺の顔は、酷い仏頂面だった。……もう謝ることもできない」

「先輩」

「好きだって怒鳴って、引っぱたくこともできない」

掠れ声で話す先輩は、叫ばないよう必死に抑えているように見える。背中を擦《さす》ってあげると、涙まじりの呻き声を上げた。

「あの人だけが十八のままとまって、まわりは進んでいく。事件も起きる、芸能人も結婚する、学校の授業も部活もある、あの人が死んで昨日泣いてた奴も、今日は笑ってる。あの人だけ置いてけぼりだ。俺もあの人を死なせたくせに置いていく。生きてる。それが嫌で、せめて俺も目で見るものはあの人と同じままにしておこうと思って目を抉りとろうとしたら、父親に殴られた。死ぬこともできなかった。諦めて、あの人が入学する予定だった大学にいって、卒業したらやることがなくなった。それから幸一に会った。幸一には嘘を吐かないで、ありのままの自分で接しようと思った」

届きたくて摑みたくて、先輩の肩を抱き寄せた。心ごと握り締めるように掻き抱いて爪を立てる。それでも足りなくて、悔しさに襲われた。

「貴方が生きていてくれてよかった。俺は嬉しいです。羽田野先輩が見られなかったものを、貴方は見ていかなくちゃ駄目なんですよ。いろんなところへ行きましょう。喧嘩したら仲直りするまで一緒にいましょう。貴方のことを見捨てたりしません。好奇心で近づいたわけじゃないんです、信じてください」

泣かないほしい。ひとりだと思わないでほしい。

立ちなおらせたいなんて立派で偉そうなことは考えてない。ただ笑っていてほしかった、二度と哀しまないですむように守りたかった。どんなに罪なことだろうとも、俺の心がそうしろと、どうしようもなく騒ぐのだ。

「……幸一は、カラスが好きなんでしょ」

「え」

「俺には羽根なんかないんだよ」

顔を上げた先輩はいまにも泣きだしそうな唇を引きつらせて、精一杯微笑んでくれた。


俺たちは毎週末【kaze】へ通うようになった。

電車が苦手な先輩も徐々に慣れて、移動できる距離も長くなってきた。

月が変わって先輩が四月のカレンダーをめくった頃には、【kaze】以外へも頻繁にでかけるようになっていた。服を買いに古着屋巡りをしたり、大学の講義がない日は午前中ふたりで近所を散歩して輸入食材の店で買い物をしてから、先輩と別れてバイトへ行ったりした。

先輩はいま、パスタも作れる。

「……ん」

朝、目が覚めると、料理している音が聞こえてきた。ベッドに身体を起こして目を擦り、のろのろキッチンへ移動したら、左手にフライパンを持って右手で菜箸《さいばし》を握る先輩の猫背がある。白いシャツが朝日に輝き、目眩《めまい》を覚えた。

「おはようございます、先輩」

「……おはよう、幸一」

振り返った先輩が柔らかく微笑する。

「今日はなんのパスタですか？」

「トマトとなすだよ」

「……先輩、それ好きですね。俺、毎日食べてる気がします」

「嫌なの」

「いいえ、嬉しいです。でもたまにはクリームとかたらこも食べたいななんて」

「作り方知らない」

「じゃあ今度一緒に作りましょうか」

「いいよ」

手元を覗くと美味しそうなパスタができていた。でも気になったのは先輩の腹の辺り。

「先輩、シャツにトマトの汁が飛んじゃってますね」

「うん、ごめん」

「はやく着替えてください。でないと腹まで染みますよ」

「母親みたいなこと言うなよ」

「次からエプロンしなさい、ダメ息子」

先輩は皿にパスタを盛りながら噴きだして、俺も笑った。

「午後からでかけましょうね」

今日はまた【kaze】へ行く予定だ。店内に流れていたCDをシヅキに借りたから、返しに行く。

「楽しみだよ」

フライパンを置いた先輩は、口内に幸せを含むような笑顔で頷いた。

シヅキと先生は、もう俺たちに注文を訊かない。いつも座るカウンター席へ落ち着くと、黙ってふたりぶんのコーヒーを用意してくれる。

先輩も初めの頃とは違い、だいぶ饒舌《じょうぜつ》になった。四人でいるとどうしても高校の話がメインになりがちだが、当時を振り返るのが苦手な先輩も負けじと参加するようになったのだ。

「あれ？　給食って高校までだったっけ」

俺が首を傾げて、

「ばかだな加藤。給食は中学生までだろ。高校は俺ら学食のパン食べてたじゃん」

とシヅキが呆れる。

「あ、そうかごめん、いろいろ話してたらごっちゃになった。そういえば俺、焼きそばパンが好きでよく食べてたなあ……——先生は奥さんに弁当作ってもらってたんですか？」

「いや、俺は出前か外食。学校のむかいのラーメン屋が美味《うま》くて通ってたよ」

「羨ましいな～。外で食べられるってのは教師の特権ですよね」

「よく言うよ。おまえらだって学校抜けだしてコンビニ弁当買いに行ったりしてたろ？　知ってるんだからな」

「あはは。そりゃするでしょう……学食だって毎日じゃ飽きるし」

笑って先生を宥めていたら、先輩が俺の横で呟いた。

「……俺は毎日コンビニ行ってた。戻るのが嫌になって、そのまま帰ったりしてたよ」

俺とシヅキは揃って大笑いした。

「おまえ意外と不良生徒だったんだな。他にどんな悪さしたんだ、白状しろ」

先生がじとりと先輩を睨んだものの、

「お客に不快な気持ちを味わわせちゃいけませんよ。もう時効だし」

と反論されて「うっ」と詰まる。

「減らずぐち叩きやがって……」

先輩の余裕の笑みに、俺とシヅキはまた笑ってしまったのだった。

そのうちサンドウィッチを食べながら「雲行きが怪しくなってきたね」と話していたら、雨に濡れそぼったサラリーマンがやってきた。シヅキがすかさずタオルを持って「大丈夫ですか」と窓際のテーブル席へ案内すると、そのあとも女子高生のふたり組と、教材を抱えた大学生っぽい男が、濡れた髪を撫でつけながら来店した。

「雨宿りだね」

そう言って、先輩が突然出入りぐちのドアへむかう。

「先輩？」

彼の行く先を視線で追ったら、ドアの外に一匹の三毛猫がいた。

「ああ。最近よくくるのら猫だよ。たまに餌やってたら居着くようになってな」

先生の言う通り、人慣れしたようすの猫は先輩にすぐ懐いた。先輩も猫が好きなのか、喜ぶ撫で方を熟知しているらしく、瞬く間に猫を無防備にさせていく。

「カラスと猫か」

俺が独り言を洩らしたら、先生が「カラス？」と首を傾げた。

「あの人カラスみたいでしょ。仕草も動物っぽいし、最近また髪がのびてきてぼさぼさで」

「へえ、カラスなあ」

「そろそろ美容院へ行かせてやらないと。……面白いんですよ、あの人。髪を短くすると恥ずかしいって照れるんです。さっぱりして格好よくなるっていうのに」

「おまえ、槙野の嫁さんみたいなセリフ言うんだな」

腹を見せて寝転がる猫を楽しそうに撫でる先輩の、無垢な笑顔に安堵する。

先輩が毎晩『彼女とセックスしたの』と繰り返していた頃から三ヶ月ぐらい経つが、近頃はあのセリフも聞かなくなった。久美とはお互い忙しくて会っておらず、先月あたりからメールでしか話していないから当然といえば当然なんだけど。

「槙野先輩、猫好きなのかな？」

接客していたシヅキが戻ってきた。

「うん、好きみたいだね。猫とあんなふうにじゃれ合ってるの、俺も初めて見たよ。雨に濡れて風邪《かぜ》ひかなきゃいいけど」

「そうかあ。俺の知り合いに猫カフェのオーナーがいるから紹介してあげようか？　梶本《かじもと》さんっていううちの常連さんなんだけど」

「猫カフェ?」

「猫と遊びながらお茶できるんだよ。いま七匹ぐらいいたかな」

「自由に触っていいの?」

「もちろん。猫好きでもペット不可の家に住んでる人とか、家族の同意が得られなくて飼えない人とかいるでしょ。そういう人たちにも人気なんだって」

「へえ。俺も猫は嫌いじゃないから行ってみたいな」

「なら話通しておいてあげようか。最近混んでるらしいから、ついでにすいてる日時を聞いておくよ。場所も俺たちの母校の傍でわかりやすいし」

シヅキが奥の部屋へ行って、猫カフェの場所が示された名刺サイズのカードを持ってきてくれた。

「ありがとう。最近先輩とよく出歩くし、あの人もきっと喜ぶよ。オーナーさんによろしく伝えておいて」

「わかった」

カードには猫の絵と地図が描かれている。海岸近くの閑静な住宅街で、母校もちいさく描かれていた。卒業以来、最寄《もよ》り駅に降りることさえなかった町。

いま一度振りむくと、髪に雨粒をつけた先輩が優しい表情で猫の顎を掻いてあげていた。

夜は毎日『Fly Me to the Moon』をかけて眠った。

壊れかけの外灯が点滅するなか、先輩とベッドに寄り添って歌声に耳を澄ませていると、幸せで寂しい。音があっても無だ。死後の世界もこんな感じなんだろうか。

「……先輩は空を飛ぶ夢って見た経験ありますか?」

「空?」

「昔、友だちが言ってたんです。夢で飛んでるときは自由で楽しくてしかたないって。……俺は空を飛んでても途中で〝こんな現実はありえない〟って気づいてしまって、その瞬間、真っ逆さまに落下していくんですよ。上手く飛べたことは一度もないです」

月へ連れて行って、という歌のせいか、忘れていたはずの他愛ない夢に思い馳《は》せた。

死んだあとの世界が無でも月みたいに明るい場所があるなら、羽田野さんも先輩ももっと違ったんだろうに。

「俺、子どもの頃自力で空を飛びたくて、超能力者になりたいって思ったりもしましたよ」

先輩が横で「ははっ」と噴くと、反動でかけ布団が引きつれた。

「笑わないでくださいよ」

「笑うよ」

不可能ならせめて夢でと思うのに、夢でも飛べない俺は心の根っこが現実的なのか、単に小心者なのか。

「幸一もいつか飛べるよ」

先輩が布団に隠れて俺の手に手を軽くのせた。握らないし摑まない。棘《とげ》の表面に掌をかざすほどの慎重さでそうっと撫でる。たとえばシヅキが相手なら、添い寝しようと手を繋ごうと久美は怒らないだろう。ただの友だちだから。先輩も同じだ。……同じだ。かわらない。かわらない、と半ば祈るように繰り返して先輩の手を握り返そうとしているうちに、意識が途切れて眠っていた。


シヅキから連絡をもらった翌週の火曜日、俺たちは猫カフェにでかけた。

「いらっしゃい」

すぐにエプロンをした長身の男性店員がきて笑顔で迎えてくれる。

「あの、俺、加藤と申します。【喫茶店kaze】のシヅキに紹介されてきたんですが……」

「はい、シヅキ君からうかがってますよ。僕がオーナーの梶本です。よろしくお願いします」

緩いウェーブが入った髪を掻き上げて、朝日を振りまくような爽《さわ》やかな笑顔で首を傾げる。

「シヅキ君にすいている日を訊かれて正直にこたえてしまったんですけど、加藤君たちは平日の昼間なんてお時間平気でした？」

「はい、のんびりできて嬉しいです」

「よかった。あんまりお客さんが多いときは、失礼して来店時間をずらしてもらうこともあるんです。だから事前に連絡いただくと、迷惑かけずにすんで僕も安心なんですよ。どうぞ、ゆっくりしていってくださいね」

部屋中にいる猫は種類も様々だった。真っ先に俺たちに近づいてきたのはグレーの猫で、先輩がしゃがんで「ちち」と指を差しだすと、鼻先を寄せてくんくん嗅ぐ。

「ほっそりして綺麗な猫ですね」

俺も屈《かが》んで覗きこんだら、

「ロシアンブルーかな」

と先輩が言った。

「先輩、猫の種類にも詳しいんですか？」

「すこしだけ。ロシアンブルーは有名だし」

ふうん、と感心していると、梶本さんが先輩に猫じゃらしみたいな玩具を渡す。

「この子、普段は警戒心が強いんですよ。キミには懐いたみたいですね」

「……俺、なにか匂うのかな」

「ふふ。美味しそうなものでも持っていらっしゃるんですか？」

「いいえ」

玩具を受けとった先輩の足元で、ロシアンブルーはすでに猫じゃらしの先っちょにむかって夢中で両手をのばしている。

「単純に親しみやすい雰囲気だったのかもしれませんね」

「俺がぼうっとしてるから、怯えるまでもないと思った……?」

「どうかな。臆病な子は、寂しがりだし優しいんですよ」

梶本さんは肩を竦めて上品に微笑む。先輩も梶本さんの温和さを本能的に見抜いたのか猫よろしく警戒心を解いてすぐに懐き、談笑するようになった。

ふたりの楽しそうな姿を尻目に、俺も猫じゃらしの玩具で遊んでみるものの、やり方が下手なのか一分もしないうちにそっぽをむいて逃げられてしまう。

「幸一、猫は動くものに反応するんだよ」

「こう?」

「ぶんまわしすぎ」

こつを教えてもらってもみんなの笑いを誘うだけで、当の猫本人には〝この下手くそ〟みたいに見捨てられる。苦肉の策で梶本さんが「この子なら大人しいから」と膝の上に一匹の猫をのせてくれても、やはり抱き方が駄目なのか「ぎにゃあ」と鳴いて逃げられてしまった。

「俺、ここまで猫と相性悪かったかな……」

さすがにへこんだ。

一時間経つ頃には、猫がまるくなって眠るソファーの隅に恐る恐る腰かけて紅茶を飲むのがやっとの、情けない有様になっていた。先輩は梶本さんと並んでカーペットに座り、背後のガラス窓から入る陽光の下で猫を撫でている。梶本さんの猫を抱く腕には力強さと包容力があり、笑顔の奥に経営者としての責任感と余裕が見え隠れしている。……先輩が幸せなら文句はないが、梶本さんとの肩がぶつかりそうな距離に若干胸がざわついた。

それから俺はつまらないことをいくつも考えた。自分にとっての先輩と、先輩にとっての俺と、久美と。本当につまらないことばかり。つまらなくて途方に暮れて、自分が情けなくてやるせなくて、腹が立って哀しくて、最後にもう一度途方に暮れた。

先輩も毎日こんな気持ちでいたのだろうか。

「加藤君、おいで」

梶本さんに呼ばれて、俺はいたたまれなさを押し殺しながら梶本さんの横へ戻った。彼の膝の上にはトラ柄の子猫が寝そべっていた。耳が折れて、ぺたんと閉じている。

「あれ、耳……」

「ええ。この種類の猫は垂れた耳が特徴なんです。けど実際こうなる確率は低いんですよ。ストレスとか感情の変化で立ち耳になったり、また垂れ耳に戻ったりもするんです」

「……そう、なんですか」

「猫にも性格があって、相性だって合う合わないがあるから落ちこまないで」

鷹揚《おうよう》に微笑む梶本さんが、子猫を抱き上げて俺に差しだす。猫は突然のことに驚いたのか「にゃー」と身悶《みもだ》えたけれど、俺が急いで抱き締めるときょろきょろして抗《あらが》ったのちに、ふっと落ち着いて静かになった。

「あ……やったっ」

喜んで梶本さんを見たら、彼も眉を下げて微笑む。

「加藤君と相性が合うのはこの子だったんですね」

俺は猫の耳に触ってみた。耳が尖っていないせいでまんまるい顔をした子猫は、とっても可愛い。

たった一匹相性の合う子がいれば十分だ、とそう思った。


日も暮れて閉店時間に近づいた頃、俺たちは店をでた。

「長々と居座ってすみませんでした」

「いいえ、またいつでもいらしてください。猫と一緒にお待ちしております」

丁寧に頭を下げた梶本さんは、抱いている猫の右足を振って笑顔で見送ってくれた。

身を翻すとちょうど青信号だったから咄嗟に渡ったのに、横に先輩の気配がない。あれ、と見まわしたらまだ店の前で梶本さんと話していた。

再び信号が青にかわるまで、俺は先輩が会話に熱中して人間らしく笑うのを眺めた。俺のところに戻ってくると、また梶本さんに名残《なごり》惜しげな視線を送って手を振る。

駅にむかって歩きつつ「お腹すいたね」「ラーメンでも食べて行きましょうか」などと話して、なぜか妙に刺々しい気持ちになっていた。

歩道を照らす外灯が遠くまで続いているが、夜に同化する黒いアスファルトはやさぐれた気分をいっそうどす黒く呑みこんでいく。……梶本さんはシヅキたちがゲイだって知ってるんだろうか。ひょっとして彼もゲイ？　いや、まさか。でも……。

「あの人は結婚してて、子どももいるよ」

先輩に思考を読まれてぎょっとした。

「指輪してたでしょう、見なかった？」

「見なかった、です」

「見なかったのか」

「……見なかったです」

先輩は俯き加減に歩いている。子どものことは指輪には書かれていない。梶本さんが教えたのか、それとも先輩が訊ねたのか。考えそうになって、やめた。

「幸一、妬いたの」

黙秘したけど、沈黙はときにもっとも饒舌な返答に変わる。先輩にはばれたに違いない。

それでも認めるのも否定するのも嫌だし正しいとも思えなくて、黙《だんま》りを通した。

「幸一、こっち」

「えっ」

いきなり腕を掴んで連行された。足早に路地を曲がって脇目もふらず、いつかの夜マンションの屋上へ月見に連れて行ってくれたときと同様に、ずんずんと。

「どこへ行くんですか？」

先輩は無言だった。でも五分としないうちに見慣れた道に入って理解した。——高校だ。数年まえまで毎日歩いていた通学路、その先に大きな正門が見えてくる。

「先輩、もう閉まってますよ」

「大丈夫だよ」

もしかして乗り越えるつもりなのか？

困惑したのも束の間《つかま》、先輩は正面までくるとくいっとむきをかえて裏門へ移動した。当然そっちも閉まっているけど、横の花壇の一段高くなったあたりから忍者みたいに足場を探り当てて飛び越えてしまう。

「なにしてるんですか、先輩っ」

俺は小声で叱りながら、笑ってしまいそうになるのを堪える。

「昔ここからよく出入りしたんだよ。昼間コンビニ行って、一時間ぐらい散歩して帰ってくると正門が閉まってたから」

「ったくもう〜……」

軽蔑するふりして、本当はわくわくしていた。高校にくるのも久々なうえに、夜の誰もいない校舎へ忍びこむのなんて初めてだ。先輩に手招きされて左右を確認し、物音を立てないよう注意して俺も飛び越える。小学生以来のスリルに興奮して潜入に成功したら、先輩がひそひそ言った。

「まだ教師はいるはずだから気をつけて」

緊張して歩くだけでも及び腰になる俺をよそに、先輩は両手をジーンズのポケットに入れてすいすい進み、体育館裏の倉庫の前で立ちどまる。唇に人差し指をあてて、しぃと合図すると、扉をゆっくりスライドさせた。

「えっ……なんで開いて、」

「ここは鍵が壊れてる。体育館内の出入りぐちは閉まってるけど、外側のこっちの鍵は俺が入学するまえから壊れたままなんだよ。滅多に使わないからいまだに放置されてる」

「普通に考えたら、外側の鍵の方が厳重に管理すべきじゃないですかっ」

「俺に言われてもね」

先輩が奥へ入って行く。倉庫内は真っ暗で、ちいさな窓から外の光が入る程度。ちょっと怖くなって先輩の背中に近づくと、彼はボール入れからバスケットボールをとって左右の手に移しかえたり人差し指の先でまわしたりしながら体育館の扉へむかった。

倉庫の鍵を開けて体育館へ行く先輩は、唇をにやりと曲げて得意げだ。

「貴方絶対、卒業してからもここに忍びこんでますよね……」

夜の体育館内は昼間とはまるで違う寒々しい空間だった。鬱蒼《うっそう》とした夜の森に佇んでいるような、得体の知れなさからくる恐怖と圧迫感がある。

恐る恐る床を踏み締めたら、足裏に伝わる感触とたわんで軋《きし》む音が懐かしく響いた。刹那、耳に焼きついたバスケのドリブル音と、上履きが擦れて鳴るキッという音も記憶から一気に蘇ってきた。

先輩は左手をポケットに入れて猫背のまま悠々と進んで行き、中央付近で立ちどまった。視線の先には二階の柵に設置されたバスケットゴール。もしや、と思った瞬間にはボールを持った右手を振り上げてゴール目がけてシュートしていた。

俺は目を剝いて立ち竦んだ。そんながむしゃらに投げて入るわけないじゃないかと思ったけど、彼はバスケットボールを持つといつだって不可能を可能に変えてしまう。案の定ボールはボードにぶつかって跳ね返り、バスケットゴールをすぽっと通り抜けた。地面に落ちて大きな音とともにバウンドしたところで、走り寄った先輩がすかさずキャッチする。

振りむいて、微笑みかけてくれる姿。柔らかく揺れる黒髪と、無くちな唇。ボールを覆う細長い指に、すらりとのびた脚。俺は過去と現在の情景を錯覚した。

五年前、この人にここで出会ったのだ。

この人の目には自分がうつっていないんだと自覚していた。自分の領域を持っていてそこでしか生きようとしない彼は、同じ場所にいても隔たりがあった。声をかけても届かないと知っていたから、届こうと望むこともしなかった。望むことすら、おこがましい気がした。

この場所に立つと条件反射なのか、無気力になってしまう。先輩は俺にとって崇高すぎた。

「幸一」

俺の気持ちを知ってか知らずか、先輩は戻ってくると俺の腕を引いて真んなかに立たせた。五年前は微笑みかけてくれることも、こんなふうに触られることもあり得なかったのに。ほうけている俺に〝ここにいろ〟というふうに示した先輩も、二メートルぐらい距離をつくってむかい合うと、

「バウンドさせたら音が外に響くから、チェストパス」

とボールを放る。……ボールを彼の手から受けとるのだって、初めてだ。

久美には『幸ちゃんはカラス先輩に一目惚れしちゃったんだね』と言われた。シヅキにも『なんか初恋の人の話をしているみたいだな』と。

胸の鼓動を落ち着かせるためわざと大きく息を吐いて、ボールを投げ返す。両手でボールを持って、胸の位置から突きだすように放るのがチェストパス。何度か先輩とやりとりしているうちに、自分と先輩の指の使い方が全然違うのに気づいた。

「幸一、一歩踏みだしながら指でボールにスピンかけてごらん。放ったあとは親指下むき」

「はいっ」

指導されると、否応なしに熱が入る。変に集中して何分か投げ続けていたら、

「幸一」

「はい！」

「……人ってどうして言い訳を探すんだろうね」

先輩は落ち着いた声音で唐突に訊ねてきた。

俺が投げたボールをキャッチした先輩が、微苦笑している。額に滲んだ汗が冷えて、俺は手で拭いつつ俯いて考えた。……言い訳の理由。さっきの、嫉妬の話の続きだろうか。

「傷つかないための、逃げ道をつくっておきたいから……でしょうか」

「それだけかな」

俺にボールを放った先輩は、また突然「そこからスリーポイントシュートしてみて」と無茶を言う。抵抗しても無駄なのは百も承知だ。試してみたい衝動にも駆られて、一番近くのゴールにむけて背筋をのばし、先輩のフォームをイメージしながらボールを投げた。

当然ゴールへ届くまえに低く弧を描いて、地面へ落下していく。

笑いを噛み殺してボールを拾いに行った先輩が、大声をださないかわりに指で〝見ていてごらん〟とゴールとボールを示して投げると、吸いこまれるようにしてゴールネットをくぐ

り落ちた。

「幸一は意外と不器用だね」

「先輩は昔から、案外と器用です」

ボールがバウンドして転がる。そのようすを眺めてくちを噤《つぐ》む先輩の横顔は、俺が焦がれ続けた、あの孤高なカラスの面影を漂わせていた。

「安心していいよ幸一。人生に不器用はない。不器用にさせる相手が必ずいるんだから」

不器用にさせる相手。確かにひとりじゃ、器用にも不器用にもなれない。

「……でも相手のせいばかりじゃありませんよ。選択して決断するのは、自分なんだから」

「不器用、器用っていう価値観も、所詮は無関係の第三者の評価にすぎない」

「ならどう評価されてもいいです。他人に不器用だって罵られても、俺が納得して貴方を守れるなら」

先輩は一点を見据えたまま静止していた。孤独を覚悟している先輩を前にすると、俺の主張は本当に自分勝手で子どもじみたものにしか感じられなかった。悪足掻きして欲しいものだけを狡猾《こうかつ》に欲する偽善者だ。

「幸一」

「……はい」

「人が言い訳を探すのは、自分を綺麗にしておきたいからだよ」

転がっていたバスケットボールが壁にぶつかってとまった。……先輩はなにが言いたいんだろう。彼の腕の天然石がかちゃと鳴る。それも羽田野さんからもらった、と話していた。自分のたったひとつの嘘が原因で亡くなった人。

先輩にも自分を綺麗にするために押し通した言い訳が、あったんだろうか。

「先輩。俺、嫉妬しましたよ」

潔くて綺麗な先輩に届くためには、俺は汚れるしかなかった。

「嫉妬、しました」

欲をすべて晒して汚さを認める綺麗さを、選ぶ必要があった。

……俺を見返した先輩は、視線を流して自嘲《じちょう》気味に苦笑した。歪んだ笑みには幸福という傷を愛おしむような複雑な温もりが混在している。

「幸一が嫉妬してくれるかなって期待してたよ。……ごめんね」

カラスの背中

朝、先輩とキッチンに立っていたら携帯電話が鳴った。

「あ、電話だ。先輩、これ溶けるまで綺麗に混ぜておいてくださいね」

今日は小麦粉とバターと牛乳でクリームソース作りに挑戦している。

「……善処する」

「なんですか、その自信なさげな声は」

先輩の肩を軽く叩いて笑いながらキッチンを離れ、俺は部屋の机に置いていた携帯電話をとった。画面には久美の名前がある。

『幸ちゃん、いますこし時間できたから声聴きたくて電話した』

「そっか。……ごめん。俺、料理中なんだ」

『え、もしかして料理しながら話してる……？』

「ううん、先輩にかわってもらってるけど、教えながら作ってるからちょっと心配で」

『……そ、か』

俺は先輩の挙動不審な背中に笑いつつ、「すこしならいいよ、なに話す？」と久美を促す。

『いい。無理させたくないし、また時間つくって話そう。最近メールばっかりなんだもん』

「う〜ん、あとまわしにしたくないからいま話しちゃおうよ」

『……ううん。ゆっくり話したいからかけなおす』

「久美も忙しいんでしょ？」

『そうだけど……』

なんだか歯切れが悪いな、と困ったら、キッチンからフライパンががたがた揺れる音が聞こえてきた。

「ごめん、じゃあ俺がまたあとでメールするよ」

『メールなの……？』

「電話する時間をメールで決めるんだよ。問題ないでしょ？」

久美が黙ってしまう。俺は先輩が心配になって、返事を急《せ》かした。

「どうしたの、それも不満？　なにかあるなら話してよ」

『……電話じゃ、足りない。今日の午後とか、幸ちゃんが時間あれば会いたい』

久美が電話で話したいって言ってきたのに……とげんなりしたものの、責めずに頷いた。

「わかった。いいよ、なら会おう」

『本当にっ？』

「とりあえずそういうことで。じゃ、あとでね」

久美の機嫌がなおると、俺は電話を切ってやれやれとキッチンへ戻った。

午後からバイトへ行き、働き終えたその足で久美と約束したファミレスへ入った。すぐやってきたウェイトレスに「待ち合わせなんです」と伝えて久美を探す。そういえば以前はこうやって外食ばかりしていたから、先輩の夕飯もコンビニ弁当に偏りがちだったんだよな。

「幸ちゃん、こっち」

久美が手を振っている。ウェイトレスに「見つかりました」と告げて、俺はそそくさ久美のところへ行った。

「ごめんね、待った？」

「ううん、平気」

満面の笑みで肩をすぼめる久美は、すでにレモンスカッシュを飲んでいる。俺がメニューを開くと、久美は胸を張った。

「わたしはもう決めたよ。じっくり煮こんだビーフシチューのセット」

「あれ。いつもは優柔不断なのに、珍しいね」

「うん。幸ちゃんに嫌われたくないから」

「？　なにそれ」

苦笑して俺も料理を注文した。落ち着くと、おしぼりで手を拭きつつ改めて久美を観察する。姿形の些細な部分が、なぜか馴染まない。

「なんだか久美、髪がのびたね」

「そう？　自分ではよくわからないけど……」

「夏休みあけに久々に会うのと似てるかも。みんなちょっと大人っぽくなってる感じ」

「ああ……そうだね。一ヶ月近く会ってなかったもんね」

「一ヶ月か。時間が過ぎるのははやいなあ」

久美はレモンスカッシュを飲み干して、空になったグラスを横によけた。俺は笑ってしまう。ここは変わらない。

「相変わらず炭酸なのに一気飲みできるんだね」

「幸ちゃん」

「ん？」

「一ヶ月、ずっとなにしてた？」

心なしか、久美の表情がかたくなった。

「なにって？　べつに普通にしてたよ。大学とテストとバイトと」

「カラス先輩と、なにしてた？」

俺の発言を抑えつけるように問いなおす、その声色が低い。

「とくになにもしてないよ」

俺は後頭部を掻いて唸った。

「今朝ご飯作ってたでしょう？　わたしと暮らしてた頃は料理も全部わたしにまかせっきりだったくせに」

いきなり責められて混乱する。

「怒ってるの？　健康と生活費のことを考えて自炊するようになっただけだよ。久美が教えてくれたクリームソースの作り方、役に立った」

「……そう。怒ってはいないけど、なにもしてないって嘘は吐かないでほしい」

自炊も〝なにかした〟の範囲内なのか？　と面食らってしまった。

久美はくちを曲げている。先輩のことは訊かれるだろうと予想していたけど会った早々喧嘩をするのはさすがにいい気分じゃないし、細かい出来事を突っこまれて嘘つき呼ばわりされては不愉快にもなる。

「先輩とは料理をしたよ。料理をするために買い物もした。友だちが恋人と働いてる喫茶店に行ったり、そこで紹介してもらった猫カフェで遊んだりもした。それだけだよ」

「友だちの喫茶店？」

「シヅキっていうの。高校からの付き合い」

「恋人って？」

「そいつはそこのマスターと付き合ってるんだ。話すと長くなるけど、俺たち四人とも高校繋がりの知り合いだからさ」

「……じゃあ、猫カフェってなに？」

「猫がいるカフェだよ」

「猫が？　ご飯してる横にいるの？」

「そうだよ。お茶しながら猫と遊べるんだよ」

「そんなカフェあるなんて初めて知った。猫、可愛かった？　カラス先輩も猫好きなの？」

矢継ぎ早に追及されて、いささか煩わしくなってきたら、

「わたしもその猫カフェへ連れて行って」

と久美が身を乗りだしてきた。……胃のあたりが不快にうねる。

隠し事をしたいわけじゃないけど、恋人だからといってなにもかも共有しなければいけない決まりはないだろ。ひとりで保持しておきたい記憶もあるし、先輩とだけ共有していたい事柄も当然ある。

どうして自分の心の大切な領域を土足で踏み躙《にじ》られなければいけないんだ？　なんで久美は〝わたしはテリトリーに入れてくれる〟とさもあたり前に考えている？　久美のこの期待に満ちた瞳が気に食わない。……だってそうだろう？

俺は久美のプライベートな部分なんか、一切触れたがらないじゃないか。

「ごめんね。猫カフェは連れて行けないよ」

自分の唇が引きつっているのがありありとわかって、前髪を掻き上げながら顔を隠した。見返さなくても久美の表情が訝しげに歪んでいるのは感じとれる。

「……どうして」

「どうしてって、俺にもいろいろ付き合いがあるし」

「わたしが行くと都合が悪い場所なの？　わたしが会ったらまずい人でもいるの？」

「そんなことはないけど」

「ならなにが駄目なの？　付き合いってなに？　誰とのどんな付き合い？」

呆気《あっけ》にとられた。閉口したのと同時に、ウェイトレスが俺の飲み物を持ってきてくれて会話がとまる。

食事は散々だった。言い争ってしまった手前周囲の目も気になり、俺たちは始終無言で料理を食べ続けた。味なんかまったくわからない。腹のあたりが騒ぐのは空腹感が満たされたからなのか苛立っているからなのかすら判別できなかった。

すべて俺が悪いのか……？

会えなかったのはお互いに事情があってのことだし、メールにはきちんと返信していた。相手の生き方を尊重して、過干渉を自重するのは人付き合いのマナーだ。むしろ俺は、そのマナーを平気で壊そうとしている久美の傲慢さが許せない。

店をでて駅まで久美を送る道すがら、俺は怒りを耐えるのに必死だった。久美はまだ膨れっ面のまま。

「……べつの猫カフェへ連れて行ってあげるよ。ネットとかで調べておくから」

こっちが折れても、

「いや、そこがいい」

と頑として譲らない。

「幸ちゃんはどうしてわたしだけ仲間外れにするの？」

「仲間？　久美は先輩と面識ないんだから仲間じゃないだろう？」

「幸ちゃんのこと知りたいの。知らないことがあるの嫌なの。幸ちゃんが遠くへ行っちゃいそうで怖いの」

すべて支配したい、と叫べる神経に嫌悪感が湧《わ》いてきて、背筋を這い上がる。傲岸な態度を貫く久美に、もういっそ感心した。

「どこへも行かないよ。単なる被害妄想だよ」

「嘘！　電話も面倒くさそうにするじゃない。メールでしか話してくれないし」

「俺だけの責任？　久美だって忙しくしてたじゃないか」

「幸ちゃんは忙しかったんじゃなくて、わたしを放ってカラス先輩といただけだよ！」

道の真んなかに突っ立って睨み合った。怒りにまかせて暴走しても喧嘩はおさまらない。

冷静になるんだ、と懸命に自分に言い聞かせて、俺は右手で額を擦った。

「……ちょっとは察してよ。確かに先輩がきてから久美との時間は減ったけど俺はそのぶんフォローしてきたつもりだよ」

「フォロー？　わたしとの付き合いは減ったものを埋めて穏便にしておかなきゃいけないような、そんなものなの？」

「揚げ足をとるようなこと言わないで」

「わたしは幸ちゃんが誰かと地球の反対側へ行ってもかまわないよっ、知らない街で知らない誰かと一緒に暮らしてたってかまわない、心のなかでわたしを想っていてくれるなら！」

「だったらなにも問題ないだろ？」

「違うよっ、絶対違う！　違うじゃない！」

久美が右手で俺の肩をどんっと突いた。堪忍袋の緒がとうとう切れる。

「先輩の方が久美より先に知り合ってるんだよ？　思い出も多いし、男同士ふたりで語り合いたいこともある。久美だって友だちとのあいだに秘密があるんじゃない？　俺がそんなこと追及して仲間に入れろって鬱陶しく責めたことある⁉」

久美が目を見開いて下唇を震わせた。

「……幸ちゃんは、わたしのこと鬱陶しいって思ってるんだね」

傷つけた。そうわかっても、まだ興奮していた俺には久美を宥める余裕がなかった。

「常識的に考えて、久美ちょっとおかしいよ」

「幸ちゃんに〝常識〟なんて言われたくない」

限界だ。俺たちはお互い苛々してそっぽをむき、しばらく突っ立ったまま虚しく風に晒されていた。


家へ帰り着いた頃には夜の十一時をまわっていた。

先輩の声を聞けば落ち着くだろうと期待していた俺に、彼がよこした第一声は、

「……おかえり。今日はセックスしたの」

だった。

「しませんよ！」

鞄を投げ捨てて夕飯を作り始める。背後にいる先輩の視線を背中や首筋に感じると、彼にまで責められている気分になってくる。

耐えられなくなった俺は、開いた冷蔵庫を力まかせにばたんっと閉めた。

「久美はわかってないんですよ！　先輩はなんにも我が儘を言わないで我慢してるのに‼」

「……幸一」

憎しみが身体中に重たくまとわりついて、陰鬱になっていく。

「俺と彼女は、比べるものじゃない」

先輩の一言に打ちのめされた。その瞬間に至り、俺はやっと気がつく。――久美が嫉妬を露わにしてぶつかってきたのは、初めてだ。


久美からメールが途切れた。同時に、俺と先輩の会話数も減った。

些細なことで相手にあたり散らす自分をコントロールしきれず、数日続いた自己嫌悪と焦燥感の板挟みを乗り越えると、やがて空っぽになった。

バランスが大事だ、と思ってきた。先輩と久美と自分が、三人とも幸せになるためには。

でもそれは、やっぱり言い訳だったのかもしれない。

――なんにせよ、加藤が迷い続けてたらみんなが困るのは事実だよ。

シヅキの言葉が心臓を切りつける。わかってる。本当はわかってたんだ、そんなことは。

先輩と生きるために久美と別れればいいのか。

久美に謝罪して先輩を捨てるべきなのか。

このままふたりとの均等を保ちながら、自分が欲しいものを欲しいまま求めればいいか。

悩めば悩むほど深みにはまった。大学で勉強していても、バイト先で働いていても身が入らない。俺はもう二日も〝バイトで帰りが遅くなるから〟と嘘を吐いて、先輩と夜のビデオを観ずにやり過ごしている。

……こんなのは逃げだ。

バイトの休憩時間、スタッフルームの椅子へ腰かけるなり頭を掻きむしって机に突っ伏した。行き場のない呻きを洩らす。机にうちつけた額が痛んで、目の奥も痺れた。瞼の裏に黒い無が広がっている。……どうしたらいいんだ。なにが正しいんだ。なにが。

その夜はちゃんとビデオを借りて帰った。夕飯はチャーハンを作って、できあがると先輩とふたりで黙々と食べた。先輩が俺を見ている。けど俺はなにも言えない。

風呂をでてから灯りを消してビデオをセットすると、先輩も床に降りてきて膝を抱えた。俺が買ってきたジュースのペットボトルにフィギュアのおまけがついているのを見つけたら、嬉しそうにとって微笑む。くちの端を引き上げた静かな笑みから〝ありがとう〟と聞こえる。別れても大事にする、と言っていた、あの声も脳裏を掠めた。先輩を、また急に遠く感じて悔しくなった。

映画が終盤にさしかかった頃、俺がきのこ型のチョコ菓子を開けようとしたらいきなり先輩に箱を奪われて面食らった。先輩は何事もなかったかのようにすましてビデオを観ている。左手をだして、返してください、と頼んでも無視だ。

「先輩、ください」

「やだ」

「……そのお菓子、好きなんですか？」

「違うよ」

じゃあなんで……。

「最初のひとつを食べたかった？」

「違う」

「箱を開けたかった？」

「違う」

「ひとりで全部食べたかった？」

先輩は俯いて箱を見下ろした。

「……このお菓子は、チョコの部分が全部ずれてる。きちんときのこの形になってるのはひとつもない。幸一に、そんなこと教えたくなかった」

ぐぐと胸を圧し潰すように身体の底から愛しさがこみあげてきた。大切だと想うほどに遠くなる先輩を捕まえる術《すべ》がどうしたってなくて、別離の恐怖に縛られる。

先輩がいまここにいるんだ、と確かめたくて焦った。膝の上にある彼の手を摑んだらびっくりするほど冷たくて、涙がとうとうこぼれた。

「……貴方はそんな些細なことからも、俺を守ろうとしてくれるんですね」

俺は貴方になんにもできないのに。ひとりにさせるばかりなのに。

救世主、なんておこがましくて、どうしようもなくて、子どもみたいにほろほろ涙をこぼして、こぼした傍から拭い続けた。

先輩は俺の手の上に自分の手をのせた。彼が持っていたフィギュアが俺たちの掌のあいだに挟まっている。バスケットボールを持った、二頭身の男の子のフィギュアだ。

「俺も貴方のこと大事にしたい。大事にしたいです……っ」

嗚咽《おえつ》しながら訴えた。震えた泣き声は恥ずかしいぐらいくっきり反響して、ふたりで過ごしてきたこの部屋がどんなに狭くてちっぽけで儚いものか思い知る。

「……幸一。無欲な人間なんていないよ」

先輩が俺の手をほんのわずか、握り締めた。

「言い訳を探すのは、自分を綺麗にしておきたいから。否定されて言い返したくなるのは、傷ついたことを隠したいから。拒絶から逃げるのは、自信のない自分を守りたいから。嫌われた途端相手を捨てたくなるのは、自分が愛されることしか願っていないから」

「先輩……」

「欲がなければ言い訳なんて探さないし、信念があればいくら否定されても相手の暴言なんて痛くない。自分に自信があれば他人の拒絶もひとつの価値観だって理解する余裕が生まれるし、自分を捨ててでも相手を愛したいなら、嫌いだって言われた部分をなおそうとする」

「……人間て、汚い生き物ですね」

またさらに強く、手を握り締められる。

「俺が幸一を幸せにしたいと想うのも、愛されたいからじゃない。俺は幸一に嫌われても怖くない。それが、俺の汚い欲だよ」

先輩の言葉を反芻した。……愛されたいからじゃない。

「俺も、同じです」

ただ途方もなく想っているからだ。一方的に、貴方の感情すら関係なしに。

そうだ、忘れていた。傲慢なのは久美じゃない。俺が誰よりもっとも貪欲《どんよく》なんじゃないか。


雨の日が増えて梅雨《つゆ》に入ろうとしていた。

久美と最後に会ってから二週間、そろそろ連絡をとらなければと思案していた矢先、大学の食堂で泉水たちと食事していたらサオリちゃんとミカちゃんに捕まった。

「加藤君じゃない、久しぶりー！」

サオリちゃんに豪快に背中を叩かれて咽《む》せる。

「元気だねサオリちゃん……」

「冗談じゃないよ、雨続きで気分がじめじめしてるっての」

「……そうは見えないけど」

「ねえ、今日久美は？　探してるんだけど見つからないの。またバイトかな？」

「ンー……どうだろう。俺も、ちょっとわからないや」

「わからないの？　あの子最近バイトばっかり頑張ってて電話かけても繋がらないんだよね。あんたも知らないんじゃ、一度家に行ってみるしかないか」

サオリちゃんが肩に提げていた鞄から携帯電話をだして、ミカちゃんも覗きこむ。

俺と久美が喧嘩したことは、ふたりとも知らないようすだった。綺麗でいたがる久美らしいな、とこっそり考える。

サオリちゃんは「先にメールかな」と携帯電話を操作した。

「久美と連絡とりたい急ぎの用事でもあるの？」

「今度ライブがあるんだけど、久美にも手伝い頼んでたからさ」

「ああ、知ってる。チケットもらったよ。久美が作詞を始めたって話してた」

「そう。結構いい曲に仕上がってるんだけど、加藤君聴いたことないでしょ。久美が『幸ちゃんは照れ屋だから聴いてくれないの』ってのろけてたよ。あ～やだ。——チケット持ってるならきてよね、来週待ってるから」

「あ、来週だっけ」

「だっけ、じゃないわよ！　こいつー……っ」

サオリちゃんは俺の首をぐいぐい絞めて満足すると、ミカちゃんと帰って行った。

また咽せて水を飲んでいたら、泉水が横からからかってきた。

「いいなあ彼女持ちは！」

「……はは」と笑ったけど、ちゃんと笑顔をつくれていたか自信がない。

久美はなんでバイトに精をだしているんだろう。悩み事は自分と相手にしか解決できない、と考えている久美は大抵誰にも相談しない。甘えたりせず、ひとりで気丈に生きているんだろうか。

こうならないように、昔は久美を注意深く見て傍にいて、大切にしてきたっていうのに。変えたのも変わったのも俺なんだ、と思った。とても苦しかった。


三日後の土曜日の朝、久美から電話がきた。

携帯電話の画面に久美の名前が表示されているのを確認して慎重に応答ボタンを押し「……久美？」と話しかけたが、長いあいだ沈黙があった。

『……幸ちゃん』

「うん。久美、元気？」

優しく訊いても、再び返答が途切れる。

下唇を噛み締めて視線を上げたら、窓ガラスにぶつかって流れていく雨が見えた。亀裂のような線を描いて落ち続ける。そのむこうには暗い灰色の雲。

『……幸ちゃん、今日も雨だね』

俺は久美が泣いているのに気がついた。そしてずっと忘れていた出来事を思い出す。

――雨が怖いの。

「久美、」

『会いたい。……会いたいよ、幸ちゃん。ごめんね』

行かなくちゃ、と使命感に駆られたのと同時にぎしとベッドが軋んで、まだ眠っている先輩が寝返りをうった。

今日は先輩と【kaze】へ行く約束をしていた。

「久美、明日会おう、明日。午後からどう? 一時に、いつも会ってるファミレスで、」

『……わたし、明日はバイトなの』

「そう、なんだ。じゃあ月曜日は?」

『今日は無理なの……?』

「……今日は、ちょっと」

『バイト?』

歯を噛み締める。

「……違うよ」

『そう……』

久美のいる場所からも雨の音がする。

「ごめん」

『今日は、駄目なんだね』

「……ごめん」

『カラス先輩と、どこかに行くの……？』

俺は目をきつく瞑って頭を抱えた。髪を鷲摑《わしづか》んで皮膚に爪が食いこむ。

先輩の寝息が聞こえる。久美の泣き声と雨音がまざり合って心を掻きまわす。

「……ごめん」


結局【kaze】には行かなかった。

夕飯の買い物だけはしようと考えて、午後から先輩を誘って駅前の店で食材を揃えると、帰りは初めて入る裏路地をあてどなく進みながら散歩した。

ときどき他愛ない会話をぽつぽつ交わす。笑う必要もないつまらない話をする。でもそれさえも、尊い時間に思えた。

「おまけ、また揃ったね」

「？　さっき買ったやつですか？」

「そう。幸一がこのあいだくれたバスケットボールの男の子は、他に十一種類もある」

「たくさんあるんですね……」

「基本は六種類だけど、それぞれ色違いがあるんだよ。だから全十二種類」

「いい商売です」

俺たちの笑い声と、雨が地面で弾ける音は、どことなく虚しい。横にいる先輩は水溜まりをよけないから擦り切れた靴もびしょ濡れだ。……右足、左足。ここにこうして歩いている先輩の、こんな些細な存在感を、俺はいつかひとりで振り返ったりするんだろうか。

先輩はどうして【kaze】へ行くのをやめたのか訊かない。訊いてこないからこそ、全部ばれているんだと思った。

やがて夕方近くなると、わかれ道の前にきてもさっきまで選んでいた未知の路地じゃなく、家へ通じる道を選んで進んだ。どんなに知らない道に迷いこんでも、帰る場所はひとつだ。人生も恋愛も。

切なさが足を重たくした頃、公園の前にきて先輩が立ちどまった。

「……どこかに行っちゃったね」

視線だけ周囲に巡らせる。……たぶん、あのサッカーボールのことだろう。

「はい」

先輩のほのかに湿った黒髪と、傘の柄を持つ手と、鋭利で物憂げな目が綺麗だった。失いたくない、と願う。けどそれは間違いだ、自分のものでもないんだから。

「幸一は運命って感じたことある」

「……運命、ですか」

「運命の相手は、会った瞬間びびってくるって言うじゃない」

「ああ……初めて先輩のスリーポイントシュートを見たときに感じましたよ。漠然と、でも決定的に〝惹《ひ》かれる〟って確信しました」

先輩がふいっと俺を見返して、目を眇めた。

「俺は幸一に運命なんて感じなかったよ」

「え」

「高校の頃はね」

「……まあ、記憶になかったぐらいですもんね」

「レンタルショップで会ったときは、それなりに感じたけど」

「それなり、ですか」

「彼女には、どうだったの」

先輩は雨の霧に消えそうな微笑を浮かべている。……心臓がじくりと痛んだ。

「……先輩は、どうだったんですか。羽田野さんと会ったとき」

「感じたよ」

迷いのない鮮烈な一言。

「感じないわけがない」

「そう、ですか」

傷とも嫉妬とも表現できない疼きが胸の奥で波うって、俯いて目をそらした瞬間、

「――幸ちゃん」

久美の声に、心臓が戦慄《わなな》いた。

咄嗟に振り返ると、先輩の傘の影に隠れて立つ久美がいる。左手に携帯電話を握り締めて、右手に傘を持って、涙をこぼして震えている。

「……運命じゃなくても、わたしは好きだよ」

「ひさ、」

「わたし幸ちゃんに相談してほしかった。恋人ってなに？　他人に話せないことをうち明けられるのが恋人じゃないの？　ふたりだけは隠し事をしちゃいけないんじゃないの？」

涙声が不安定に裏返りながら責めてくる。俺の前にきた久美に服を摑まれた。地面に、ふわりと傘が落ちる。

「カラス先輩を好きになりそうなら好きになりそうって言ってよっ、好きなら好きって言ってよっ、幸ちゃんは怖いだけだよ、〝いい人〟でいられなくなるのが怖いだけだよ、それが一番汚いのにっ……！」

「……久美、」

「どうして秘密をつくるの？　どうして嘘を吐こうとするの？　そんなにわたしのこと怖い？　そんなにわたしのこと鬱陶しい？　そんなにカラス先輩のことだけ考えていたい？」

涙をぼろぼろこぼして叫びながら、久美の細い身体が雨に濡れていく。

「黙って拒絶して逃げるなんて狡《ずる》いっ、欲しいなら欲しいって言いなよっ、いらないならいらないって言いなよっ、そんな覚悟もないなら人を好きにならないでよ！　——……死んじゃったからなに？　恋人が死んだら偉いの？　世界で一番可哀想《かわいそう》なの？　他人の恋人奪っても許されるの？」

「それは、」

「わたしだって幸ちゃんがいなくなったら幸ちゃんが死んだのと同じだよっ。必死で恋してるよ！　一生懸命幸ちゃんを想ってるよ！　どこが違うのか教えてよっ……！」

俺が言い淀んでいると、道路の真んなかに落ちた久美の傘を、先輩が黙って拾い上げた。すぐに久美が奪い返して、先輩を見上げる。

「カラス先輩にも覚悟があるなら教えてよ。カラス先輩の哀しみとか、苦しみとか、幸ちゃんを……幸ちゃんといなくちゃ生きていけないっていうなにかがあるなら、わたしにちゃんとぶつけてよっ」

久美の訴えにうち拉《ひし》がれて、ただただ愕然《がくぜん》と立ち尽くした。雨が地面を叩き続ける。俺は自分の手を傾けて、久美を傘のなかに入れることしかできなかった。

好きになりそうなら好きになりそうって言ってよ。好きなら好きって言ってよ。

幸ちゃんは怖いだけだよ、〝いい人〟でいられなくなるのが怖いだけだよ。

それが一番汚いのに。

どうして秘密をつくるの？　どうして嘘を吐こうとするの？

恋人が死んだら偉いの？

世界で一番可哀想なの？

他人の恋人奪っても許されるの？

「俺、は……」

雨が頬に落ちて涙のように流れた。久美は俺の胸に顔を押しつけて、わんわん泣いた。

身体から力が抜けていって指先が凍える。なにか言いたいのに、くちが動かない。

「……俺は死神だね」

ぽつりと洩れた先輩の呟きを遮って、久美は唸るように叫んだ。

「幸ちゃんが死神を好きなら、わたしだって死神になりたかった……っ」


誰かを大事にしようと想うほど、身体の奥で罪悪感が膨らんでいく。

雨はそのあと三日間続いた。

木曜日、小雨になった夜の街を歩いてサオリちゃんのライブにでかけた。

会場は小さなライブハウスだったけれど、開場まえから長い列ができていて人気があるのがうかがえる。なかへ入るとみんなそれぞれに場所を確保したり、飲み物を飲んで寛《くつろ》いだりしつつ歌が始まるのを待っていた。

俺も椅子に座ってカクテルを呑んでいたら、やがてサオリちゃんたちがステージに入ってきて、軽い挨拶のあとに演奏が始まった。

マイクを両手で包んで唇を近づけ、サオリちゃんが歌う。その歌声は久美に聞いていた通り、心地いい眠りに誘《いざな》うようなウィスパーボイスだった。直接、心に語りかけられている気がしてくる。明るい曲調の歌も、川のせせらぎを聴きながら山を闊《かっ》歩《ぽ》しているのに似た、楽しくて温かい気持ちに満たされた。

お客のほとんどが棒立ちで、歌に耳を澄ませて息を殺している。歌詞を聴き逃すまいとして、飲み物をくちにする余裕もなく魅了されている。

ライブの前半が終わる頃、サオリちゃんが水を飲んでからマイクの前に戻り、会場内を見まわしてにこりと微笑んだ。

「次の曲は歌詞が先にできたから音を合わせるのに苦労したけど、そのぶん詞の雰囲気を壊さないいい曲になったなって思っています。──新曲です、聴いてください」

そして会場内にそっとピアノの音色が広がって、サオリちゃんが歌いだした。

『今日も月が割れるのが見えます。いまここに貴方のいないのが、静かに哀しいです。

二年まえ、落とし穴の底でもぬけの殻だった僕を、貴方が救いました。
狭い狭い底からは、空が遠く、果てしなく見えました。
電車のホームに立っていると、悪ぐちを言うことしかできない寂しい人たちが、
僕の前を、うしろを、早足で通りすぎ、
僕はくらくら倒れたり、突然に泣き崩れたりする毎日でした。
だのに貴方は、ゴミ同然に転がっていた僕を拾いあげて、
誰にも内緒の秘密を話してくれました。キミにだけだよ、とくれました。

秘密があることすら大人に感じたあの日の僕は、
貴方の話を聞いて、聞かせてもらえたことに対して、
喜びのあまり心を掻きむしって一晩中、泣きました。

ぺたぺたと粘土でかたちづくるような愛なら、
いつかぺきぺき壊れることぐらいわかっていました。
それでも僕は涙を吐きだし、地面を叩きながら、僕なりに愛をつくりました。

貴方の腕を抱き締めると、優しさは温かいのだと想いましたし、
なんて柔らかいのだろうとも想いました。

貴方、僕の世界でした。たったひとつの愛でした。

料理をしているとき、黙ってうしろから抱き締めてくれる瞬間、好きでした。
貴方が僕の前で絶望する姿に、嬉しくて胸が震えました。
寝坊がちで、ゴミ捨てに行くの、忘れてばかりでごめんなさい。
一緒に行こうと話したきり、すっかり忘れていた約束、さっき想い出して泣きました。

月が割れて消えていきます。
明日、火葬場へ行ったら、この手紙、棺に入れておきますね。
僕も一緒に焼いてくれと縋りつきましたけど、
それは無理だと叱られましたので、手紙だけ入れておきます。

明日世界が、燃えてしまう。唯一の愛が灰になってしまう。
貴方、僕の世界でした』

……ライブが終わって会場をでると、俺はバイトにむかった。

傘を会場に忘れてきてしまった。すぐに気がついたけどかまわず歩いた。

店に着くと、俺の濡れた姿を見た店長が仰天して、

「タオルで拭いてこい、こんなんじゃ店にでられないだろっ」

と慌てた。言われた通りスタッフルームの椅子に座ってタオルで髪を拭いていたら、

「いやもうほんっと藤堂さんってありえないですよ」

「ありえないってほどでもないだろ」

「は？　寝言は寝て言ってください」

明るいトーンで話しながら、藤堂と里中がやってきた。楽しそうにしていたふたりも、俺の姿に驚く。

「加藤さん、どうしたんですか？」

里中が真っ先に横にきて、心配してくれた。

「ちょっと雨に濡れただけだよ。傘、忘れちゃって」

情けなく笑ったら、藤堂もうしろで苦笑した。

「こんな日に傘忘れるかね。また強くなってくるって客も話してたぞ」

「帰りは、ここで傘借りてくよ」

すると、俺の横に座った里中が「ねえねえ、加藤さん、ちょっと聞いてくださいよっ」と迫ってきた。

「藤堂さんってばまた浮気してるんですって。信じられます？　これで三人目ですよ⁉」

「……浮気？」

「年上の彼女の家に転がりこんで同棲してるくせに、すぐ二股《ふたまた》、三股《みまた》。意味わからないですよね？　好きじゃないなら付き合わなければいいのに！」

藤堂は手に持っていた缶コーヒーのプルを開けて、

「ばーか。みんな好きなんだよ」

と、涼しい顔をする。里中は目をつり上げてさらに憤慨した。

「そんなの恋愛じゃありません！　藤堂さんは外見と身体が気に入っただけで、ちゃんと恋愛してないでしょう。不真面目ですよ、女の子たちが可哀想です！」

「おまえは若いのに真面目だねえ」

「藤堂さんがいい加減すぎるんです」

「じゃあ彼女いない歴イコール年齢の童貞里中君は、絶〜っ対、浮気しないの？」

「ぶん殴りますよ。あたり前じゃないですか。浮気は自制心の問題です。我慢します」

「へえ。まあ、おまえも恋人ができたらわかるよ。一年ぐらい付き合ったら、そんな気持ちも冷めてくるんだって」

藤堂が鼻で笑って肩を竦める。その指にあるシンプルなシルバーのピンキーリングが光るのを、俺は黙って眺めた。

「ああむかつく！　ちょっと加藤さんもなにか言ってやってくださいよ、あの最低男に！藤堂さんみたいな人がどうしてモテるんですかね⁉　女の子はみんな騙《だま》されてますよ！　俺が女だったら絶対藤堂さんとは付き合いません！　俺は運命を感じたひとりの子とずっと幸せに過ごすんです！」

「運命だって！　笑わせるな、初恋もまだなのに」

「藤堂さんなんか本物の恋すら知らないでしょうがっ」

「おまえが知ってるのは映画のなかの恋だけだろ」

「言ったなこの野郎ー！」

興奮して突っかかる里中を、藤堂は大笑いしながら受け流した。

俯くと、前髪の先から雨の雫《しずく》がこぼれてジーンズに染みた。

「……運命は、ひとつなのかな」

先生もシヅキに運命を感じたと言っていた。先輩も。久美も。

「え、加藤さんなにか言いました？」

「ひとつなんて、誰が決めた？　長い人生のなかで一回しか人を好きにならない人間の方が少ないだろ？　何度も結婚する人だっている、恋人と死別してもまたべつの人間を好きになる人だっている、その場合はどっちが運命なんだよ。先に会った方が運命なのか？　出会うのが遅かったら運命じゃないのか？　全部嘘なのか？　悩んだのも想ったのも認められないのかよ⁉」

髪を掻きむしって蹲った。

「運命がふたつあったら、どうすればいいんだよ……っ」

そんな奇跡さえ、選択して得なければいけない生々しいものだなんて思いも寄らなかった。

もう駄目だ。こんな毎日は続かない。こんな暮らしは許されない。

駄目なんだ――。

深夜、俺は『天使にラブソングを』の二作目を借りて家へ帰った。

いつものように腹を満たして風呂もすませてビデオをセットすると、タイトルが画面にでた途端、先輩は目を剝いて俺を見た。

「……明るくなれるビデオ、観たかったんです」

俺たちは笑った。とくに面白くもない場面で、どうしてか笑っていた。

ビデオで流れた聴いたばかりの歌を先に憶えて、鼻歌を歌うのに必死になった。

きのこのチョコ菓子を開けて、正しいきのこのかたちをしたのを探し合った。

目の前にある先輩の満面の笑みのむこうに、今日までの日々が見える。

俺の飲みかけの飲み物しかくちにしなかった先輩。

『セックスしたの』と毎日訊いてきた先輩。

寂しいのかと訊ねたら、『寂しいよ』とこたえた先輩。

夕暮れ時の海岸で『俺は、幸一を幸せにしてあげられない』と泣いてくれた。

何気ない積み重ねのすべてが思い出に擦りかわっているんだと自覚した刹那、愛おしさが満ちて辛くなった。

ビデオが終わっても、俺たちは寄り添って座ったまま、片手を繋ぎ合っていた。

机の上には山のようにたまった食玩とジュースのおまけ。テレビはブルーの画面で静止し、音といえば最小の音量に設定した『Fly Me to the Moon』。

「……俺はずっと、先輩といればどんな不可能も可能に変わるって信じていた気がします」

夜明けまえ、俺たちの前に並べられたこたえはあまりにも正論ばかりで途方に暮れた。

「俺は無力だけど幸一が哀しむことはしない。幸一が痛まないためなら嘘だってつける」

「……貴方は、辛くないんですか」

「俺は悪魔だけど、幸一のためなら天使にだってなれるよ」

この人を、俺には救うことができなかった。

これからまたひとりぼっちにしてしまうのに、なんでこんなことを言ってくれるんだろう。

「幸一は俺に感化されただけだよ。離れればまた、元に戻れる」

先輩は幸福そうに微笑む。

「ごめんね。甘えさせてくれてありがとう。困らせてばかりだったね。でも幸せだったよ。会えてよかった。一生忘れない」

罪悪と恋情の狭間《はざま》で、涙でしかこたえられない自分に、ほとほと嫌気がさす。

慰めるべきなのも、謝罪すべきなのも俺だ。だって先輩は俺の手を握り返すことだけはしない。最後までこんな自制をさせたままを苦しめて、哀しませて。幸せなんて本当は、ひとつもあげられていなかったんだ。ひとつも。

「……幸一。一度だけ、俺と一緒に息をとめてくれる」

黒い瞳が俺を柔らかく真摯な鎮けさで見据えている。その言葉の意味はわからなかった。ただ彼の最後の願いだということは理解できた。

「はい」

目を閉じて涙を押しだし、再び先輩を見つめたら、彼は上半身をゆっくり俺に傾けて唇を寄せてきた。俺の呼吸ごと吸う。

薄く目を開けて先輩を見ていると、涙が瞼の淵《ふち》を鈍く光って落ちていった。

「これを最後にする」

俺は顎を上げて先輩の唇をもう一度捕まえた。一瞬の乱暴に、先輩が息を呑んだのがわかった。がむしゃらに、俺は先輩の肩を抱き締めた。

「……死にそうだ」

「たったふたつのキスで、貴方は天国へ行けるんですか」

先輩はこたえない。

両手の指を先輩の首に絡めると、脈が掌の下でうちつけた。

昇り始めた太陽が光を放って、室内が蒼白《あおじろ》い日差しに浸される。

指先に力をこめると、先輩の右目から涙がこぼれて俺の腕に落ちてきた。

「幸一。俺がいま願ったこと、わかったの」

「……いいえ。こうしたくなっただけです」

不器用な俺の指先が、不器用に先輩を締めつけた。先輩はもう一粒涙をこぼして微笑む。

「同じことを想うなんて、まるで愛みたいだね」

俺の痛み以外怖くないと言った先輩が、泣いている。

「さよなら、幸一」

「……先輩、お元気で」

「うん、大丈夫。俺は死んだりしないよ」

当然だ、と返そうとした激情は声にならなかった。

「幸一と一緒に、空を飛びたかったな」

……朝がくる。壊れかけていた外灯はとうとう事切れてぷつと光を失った。

空へ

一ヶ月後、俺は部屋のカレンダーをめくってから家をでて大学へむかった。

夏が近づいて梅雨の雨雲も消え去った空は、きらきら瞬いている。

大学へ着くと食堂へ直行した。出入りぐちの扉の横で、ウェーブの入った柔らかそうな髪を揺らして手を振る久美が、笑顔で迎えてくれる。

「幸ちゃん！」

ふたりでなかへ入ると、自販機の前に並んで立った。「おごるよ」と声をかけてレモンスカッシュのボタンを押してから、

「……今日は俺もレモンスカッシュにしようかな」

と、同じのを選ぶ。

カップを持った久美ははしゃいで、何度もこぼしそうになりながら椅子に座った。

「気をつけなよ、髪にかかったら濡れちゃうよ？」

「善処する」

苦笑いする久美に、あの人の面影が重なった。俺は久美の頬に手をのばして軽く撫で、長くのびた髪を肩のうしろへよけてあげる。

食堂の外の中庭では、初夏の日差しが明るく照っていた。黒は光を集める。こんな眩しすぎる午後、カラスは熱中症に耐えてちゃんと飛んでいるんだろうか。

「幸ちゃん、これからバイトでしょう？」

「そうだよ。そのまえにもうひとつ行く場所があるから、寄ってからだけど」

「もしかして、シヅキさんたちのところ？」

「なんでわかった？」

「勘だよ。いいなあ、わたしも講義がなければ行ったのに」

「まあ、またいつでも連れて行ってあげるから」

「うん。今日はわざわざ大学まできてくれてありがとう、ごめんね」

「いいよ。会いたいって言ったのは俺だし」

久美は照れ臭そうに笑って、レモンスカッシュを飲んだ。

「……ねえ、久美」

「うん？」

「まえ俺に宿題だしてくれたでしょう？　そのこたえ、わかったよ」

「え」

——カラス先輩のお風呂の入り方と寝方の話。あのときわたしが先輩の気持ちをあてられた理由、いまはわかる？

「久美は寂しかったんだよね。だから同じように寂しかった先輩の気持ちがわかったんだ」

どこか遠い眼差しで微苦笑する久美が、両手で包んだカップに視線を落とす。

「……わたし、気づいてたよ。幸ちゃんがわたしと付き合ってくれたのは、わたしにカラス先輩の面影があったからだって」

「……久美」

「幸ちゃんの心の奥にはきっとずっとカラス先輩がいたんだよね。……初恋って、そのあとの恋愛にも影響するもん」

引きつって、久美が無理矢理笑っている。

俺は久美の左頬を突いて、

「あの人は久美より身長も高いし、レモンスカッシュなんて飲まなかったよ」

と明るい口調でからかった。

「そういう意味じゃない！」

拳を握って久美が怒る。……わかってるよ。

ふたりとも甘えん坊で寒がりで寂しがりやで、泣き虫だ。

講義に出席した久美と別れると【kaze】へ移動した。

「いらっしゃい」

シヅキと先生が笑顔で迎え入れてくれて、すぐにコーヒーを用意してくれる。

「ひとりでくるのは久々だな。今日、久美ちゃんはこないのか？」

先生は久美のことをいたく気に入っているのだ。

「残念でした、久美は講義です」

「なあんだ、客が少ない寂しい日こそ可愛い子に会いたいのに」

「……先生の可愛い子は真横にいるでしょうが」

可愛い子、のシヅキはにっこり笑っているだけ。

「久美ちゃんは絶対いい女になるぞ」

「確かに近頃だいぶ美人になりましたけどね」

「なんで加藤なんだろうなあ……あ～あ」

俺は先生をじとっと睨んだが、シヅキはやっぱり余裕で傍観している。

「おまえいいのかよ。こんなこと言ってるぞ、このおじさん」

「べつに。長く一緒にいるためには浮気も必要なんじゃない？　帰ってくる場所がここなら問題ないよ」

「……すごいセリフ聞いた」

でもそう考えているのはシヅキだけみたいで、先生は不機嫌になっていく。

「シヅキの方が酷いぞ。男前の客がくるとすぐ仲よくなるからな」

「ああ、猫カフェの梶本さんみたいな?」

「そうそう。俺に黙って梶本さんの店へ行くし」

シヅキはコーヒーカップを先生の手元に置いて、

「僕等の長続きの秘訣《ひけつ》は、適度な嫉妬と倍のフォローなんだよ」

とすましてこたえた。先生は不機嫌なまま、コーヒーをいれて俺の前にどんと置く。

微妙なバランスを保ちながらも、でもふたりが想い合っているのは理解できた。

「俺もいつかそんなふうになるのかな……」

開け放たれた窓から潮風が入ってきて、コーヒーの香りとまざり合う。ほっと息をついてコーヒーを飲むと、俺はカップを見つめた。飲みかけを交換せずにひとりで飲みきれる自由さには、まだ違和感がある。

「ところで、槇野先輩から連絡はないの」

シヅキが訊いてくる。

「ああ……うん、ないよ。連絡するとも言ってなかったし」

「……そっか」

「誰かの家でまた居候させてもらってるならいいんだけどね」

笑顔を繕うと、すこし苦い沈黙が流れた。先輩がでて行ったと報告しにきた日、先生には『一週間徹夜したみたいな顔してるな』とからかわれ、シヅキには『大丈夫？　おまえ生きていける……？』と深刻そうに訊かれた。

「まあ、また会ったら連れてこい。常連が減るとうちも困るしな」

「はい、ぜひ」

シヅキにも先生にも気づかわせて、申し訳ないなと思う。

「もう大丈夫ですよ。最初の頃は心配で心配でなにも手につかなかったけど、立ちなおりましたから」

「確かにあの沈みっぷりは半端なかった」

「はい。……運命って言葉の意味、ちょっとわかったのかな」

外には真っ青な空が広がっていた。サーフボードを抱えて海へむかう人が店の前を通りすぎる。地平線に目を凝らすと、カモメが飛んでいた。

ここであの人と交換して飲んだコーヒーは、何杯ぐらいあったんだろう。

俺の横で先生やシヅキと話して笑っていた声が、まだ耳に残っている。

本当に、最初の頃はちっとも笑わなかったから、笑い声にも温度があるんだな、なんて思わされたりしたものだった。幸せだって言いつつも常に冷たかった指の感触も、ここに。

「……俺、シヅキに捨てられても運命って言えるかな」

先生が気弱にぼやいて、俺は噴きだしてしまった。

「まさか元担任ののろけを聞かされるとは思ってませんでしたよっ」

シヅキも笑っている。

「僕が孝太郎さんに別れを切りだしても、それはたぶん悪い意味じゃないですよ」

「悪くない別れってなんだよ。まさか別れようと思ってるのか？」

「違うけど」

「一瞬でも考えたことがあるから、そんなセリフがでてくるんだろ？」

「面倒臭いなあ……全然話にならない」

シヅキが呆れてわざとらしい溜息をついた。目線だけで俺に笑いかけてきて、俺も苦笑してこたえる。

夕方になったら海岸を眺めて帰ろう、と思った。

──それは初夏の早朝だった。

携帯電話が鳴ってでると、

『幸一、お腹すいた』

と、あの声が囁いた。

スズメの鳴き声が、反対側の耳を掠めていく。

「……いま、どこですか?」

俺は目を閉じて訊き返した。


久美に「でかけてくるよ」と伝えて外出し、朝日に浸る街を電車に揺られながら眺めた。

指定された場所にむかって海岸沿いを歩いていると、道の先に懐かしい横顔を見つけた。

陽光に照らされた整った鼻先と、すこしのびた黒髪。……小綺麗な身なりをしていることに対して真っ先に、ああよかった、と安堵してしまう自分が、我ながらおかしかった。

「先輩」

振りむいた彼は、真っ白な日差しのなかで微笑む。髪がふわりと流れるようすを見つめて、
俺は胸に迫《せ》り上がる想いを抑えながら頷いた。

「シーチキンとおかかのおにぎり、買ってきましたよ」

「ありがとう」

「久々の第一声がこれだもの……」

「お腹がすいたら電話しろって、幸一が言ったから」

一年前の遠い会話を持ちだす。先輩の心にあの日々がちゃんと記憶されているんだとわかって至福感が溢れた。

俺たちは笑い合って海岸へ降りた。砂の上に腰を下ろして太陽を眺めつつ、朝食をとる。先輩はコンビニ袋からおにぎりをとって、ペットボトルにおまけがついているのを見つけると、嬉しそうな顔をした。

「おまけついてるのを選んできたんですよ。貴方が好きかなと思って」

「ありがとう。可愛い。……でもこれお茶だ。いまは飲みたくない」

「はいはい、知ってますよ。それは俺が飲みます。貴方にはアップルティーね」

満足そうにおにぎりを頬張った先輩は、おまけのマスコットを眺めた。

「まえのも、まだ持ってるよ」

「本当ですか?」

「うん。部屋に並べて飾ってある」

得意げに唇の端をくいっと上げるので、俺も笑った。

俺の家をでて行くとき、机の上にあったおまけの山だけ袋に詰めて持って行った彼の背中が脳裏を掠めた。

「いまは、なにしているんですか？」

「仕事してるよ」

「そうなんですか。人と接するの、苦労しませんでしたか？」

「大丈夫。幸一と一緒に行った、猫のいるカフェだよ」

「あ、梶本さんの？」

「そう。いつか幸一がくるかなと思ってたけど、こなかった」

右横に座る先輩の指先を、しみじみ見つめた。彼が握っているマスコットは当時も揃えていたパンダのキャラクターフィギュアだった。

「……猫カフェだけはなんとなく行けなかったんですよね。でも先輩がいるなら、近々行きます」

「うん」

先輩が齧ったおにぎりから、おかかが覗く。

「そういえば俺たまに観てますよ、『天使にラブソングを』。ＤＶＤを買ったのに、あれを観るためだけにビデオデッキが残ってます」

「明るい気持ちになれる？」

「……ええ」

お茶を飲んでも、潮の香りがきつくて味がよくわからなかった。

波音に耳を澄ませて、犬の散歩をしている子どもを見送って、そうしながら横にいる先輩の気配を感じとろうとした。沈黙すら懐かしくて愛おしい。

「俺は幸一のこと知ってるよ。大学を卒業して就職して、彼女と結婚したんでしょ」

「……なんで知ってるんですか？」

「先生に聞いた」

ってことは、先輩は【kaze】に行っていたのか。

「なんだ……先輩が店にきてるなんて顔にもださないんだから、あのふたりは……」

「訊かれないことにはこたえないでしょう。親しいからこそさ」

どこか遠く、知らない場所へ行ってしまったんだと思いこんでいた先輩は、思いの外近くにいた。その現実をゆっくりと受けとめつつ、深呼吸する。

手を繋いでも握り返さなかった先輩らしい選択かもしれない。背中合わせに立ったとしてもこの人はきっと目を凝らして俺の呼吸を聴こうとするだろう。そして俺も同じことをする。

はっきりと確信した。一年前の短い時間のなかで必死に切望し続けた彼との絶対的な絆を、俺は手にすることができたのだ。無駄な時間などなかった。罪悪も後悔も、傷つけ合うことも必要だった。あの日々があるから、どこにいてもどこで死んでも、俺たちは結ばれたまま生きていける。

「幸一」

先輩はおにぎりをくちに放りこむと右頬を膨らませたままにっこり笑い、立ち上がって海へむかって行った。

「先輩っ？」

俺も慌てて立って、ジーンズについた砂を払いながら追いかけた。

相変わらずの猫背で、ひょいひょい歩いて行ってしまう。で、打ち寄せる波と追いかけっこを始めて大笑いする。先輩が波の速度を見誤ってへっぴり腰で逃げる姿に、俺も笑ってしまった。

白い泡になって波がどどんと流れてくる。そのうち先輩は砂に足をとられてすっ転び、俯せになって頬半分、波に浸かってしまった。

「大丈夫ですか⁉」

急いで駆けつけたけど先輩が大笑いしているから、俺もつられて笑ってしばらくふたりで笑い続けていた。

カモメが上空で鳴いている。俺は先輩の横にしゃがんで、波に濡れた彼の髪を眺める。

「一年か……」

海水に頬を寄せて目を瞑り、幸福そうに微笑む先輩がここにいた。

彼はもう二度と孤独だなんて思わないだろう。俺ももう別離を恐れたりはしない。

「……幸一」

「はい」

「一緒に飛べたね」

波と朝の光のなかで囁く先輩の頬に触れて、俺はこたえたのだった。

「はい――」

ヒカル

晴天の昼下がりは、時間の動作が緩慢になる。

いまこのときもどこかで生命が誕生したり亡くなったりしているというのに、街並みを薄い膜のように覆う黄金色の陽光は、世界のあらゆる流れにまとわりついてのんびりゆったりと平和一色にしていた。

あそこの建物で働いているであろう会社員も、目の前の横断歩道を横切っていく学生たちも、隣で俺と一緒に信号待ちしているトラックの運ちゃんも、不安や焦燥を少なからず抱えているんだろうに、そういう負の一切がまるで麻痺《まひ》している。この時間帯特有の脳天気さだ。

ふあぁ、と欠伸《あくび》して、煙草《たばこ》を車内用の灰皿に揉《も》み消した。タイミングよく信号が青に変わったので、アクセルを踏んで発進する。

目的地の猫カフェは、あと数キロ進んだ先を右折して閑静な住宅街に入った場所にある。訪れるのは約一ヶ月ぶりだった。貸しだしていた俺所有の絵画を、引きとりに行くのだ。

ナビに従ってハンドルを切ると、いかにも高級住宅街って感じの一軒家が立ち並ぶ道のむこうに、猫が描かれたスタンド看板が見えてきた。失礼ながら店先でエンジンを切って、そのまま路駐させてもらう。

降りてみると、看板には『今日いる猫ちゃん』と似顔絵つきで紹介されていた。下手だ。

「光久《みつひさ》君、いらっしゃい」

カランとドアが鳴って、店長の梶本《かじもと》さんが笑顔ででてきた。

「こんにちは」

挨拶《あいさつ》して会釈しつつガラス張りの壁越しに店内を見遣ると、見知らぬエプロン姿の男がぬぼっと立ってこっちを見ている。……新しい店員かな？

「今日もお客さんがいませんね」

梶本さんを茶化したら、涼しい顔をして肩を竦《すく》められた。

「いや、普段はこんでるよ。光久君がくるときだけお客さんがいないんだ、なぜか」

「俺が悪い〝気〟でも運んできてるってことですか？」

「どうだろうねえ。木生《ぼくせい》の絵はたくさんお客さんを呼んでくれたけどね」

笑いながらふたりで店へ入る。

改装したばかりの店内は手前がカフェスペース、奥が猫の遊び場になっている。絵を預けるにあたり管理や衛生面が気になったものの、猫たちの食事やトイレ等の生活スペースは別室にわけられているし、展示はカフェのみにするという約束で承諾した。なにより梶本さんが木生先輩の絵に惚《ほ》れこんでいたので、粗雑に扱われることはないだろうと判断したのだ。

「この二ヶ月、幸せだったな……ほとんど絵画展状態で、木生のファンもきてくれたし」

「ファンですか」

「そうそう。木生のことを語り合えるのが嬉《うれ》しいって、常連になってくれた人もいたよ」

「それはなによりです」

「あ、絵はもう梱包《こんぽう》して奥にしまってあるからね。返しちゃうのが寂しいなあ」

「はは。ありがとうございます」

絵は生き物だな。しみじみ感嘆していると、猫が足に擦り寄ってきた。クリーム色の縞《しま》が入ったまるっこい顔の猫だ。生後半年……ってところだろうか。

「ゴゴ」

呼び声に顔を上げると、さっき見かけた店員らしい男がいた。眠たげな半目で、うさぎ毛の棒をこっちにむけて振っている。

「ごご？」

首を傾《かし》げて問うたら、頷《うなず》きが返ってきた。

「そう〝午後〟。昼下がりの日差しみたいな色だから」

無愛想とも言える無表情で教えてくれる。……午後。なるほど、いまみたいなこの脳天気な時間帯の色ってことか。

「うまい命名だね」

「俺がつけた」

「ふうん。こいつの愛らしい顔には不似合いなごっつい響きだけど、わかるよ」

ゴゴを腕のなかに抱いて顔を覗《のぞ》きこむ。くりっとしたまるい目のとても美人な顔した奴だ。人慣れしているようで逃げも暴れもしない。

梶本さんが「正しくはクリームタビーって色だよ」と補足して続ける。

「彼は槇野《まきの》君。光久君がくる日は休みだったりなんだりで、確か初対面だよね」

「あれ。ここは梶本さんひとりで経営してるのかと思ってました」

「いやあ、槇野君がきてからもう一年経《た》つよ」

そうなんだ、とゴゴを右側に抱きかえて槇野さんに左手を差しだした。

「如月《きさらぎ》光久です。木生先輩の絵の管理と、美術書の出版をして働いてます。よろしく」

立ちあがった彼は俺の手と顔を交互に眺める。背丈は同じぐらいなのに猫背の彼は自分より若干ちいさく感じられる。やっと握手に応じてくれると、

「槇野和隆《かずたか》です。——先輩って、なに？」

と唐突に質問された。

「ん？」

「いま〝先輩〟って言ったでしょう。絵、全部素敵だった。あの画家とどういう関係なの」

不躾《ぶしつけ》ながらも必死な面持ちで捲《まく》し立ててくるから、つい苦笑いが洩《も》れる。

「言葉のまんまだよ。榊原《さかきばら》木生は俺の高校の先輩だったんだ。あの人の遺言に従って、絵は全部俺が譲り受けてる」

「遺言?」

「そう。亡くなったのは八年前」

槙野さんが食い入るように凝視してきて、俺も見返した。……なんだ? 威圧されているというより興味を持たれているって感じだろうか。俺からなにを欲しがってるんだ、この人は。

「槙野君も木生の絵に惚れちゃったんだよ」

梶本さんは嬉しそうに割りこむ。

「惚れちゃった?」

「うん。毎日じーっと観《み》てるから、若くして亡くなった画家なんだよって教えたら余計興味津々になっちゃってね。今日光久君と会うのも楽しみだったみたい」

腕のなかでゴゴが「にゃー」と身じろぐ。よしよし、とあやして改めて槙野さんをうかがうと、まだ痛いぐらい睨《にら》んできている。

「まあ……とりあえず、絵を積ませてもらっていいですか? 路駐してるんで急がないと」

「ああ、そうだった。槙野君も手伝って」

ゴゴを撫《な》でまわして床に離し、梶本さんの案内で奥のスタッフルームへ移動する。

貸しだした絵は中小全部で五点。木生先輩は中学生の頃から本格的に絵を描き始めて、畳一畳近くある大判のものからポストカードサイズのちいさなものまで五十点近く遺《のこ》していった。ご両親と相談して俺が倉庫で管理しているが、いまのところ販売する気はない。

「気をつけて運んでくださいね」

今回貸したなかで一番大きなポスターサイズの絵は自分で運ぶことにして、ちいさな絵だけ梶本さんと槇野さんに頼んだ。槇野さんはこれまた神妙な顔つきで受けとって、両手で大事そうに持つ。忍び足でそっと歩いて行くさまがおっかしくて、笑いそうになった。

なんだろうな、あの人。まるで先輩の命を掌《てのひら》で包んでいるような慎重さだ。確かに破損したらおしまいで、本人の手で修復するのは不可能なんだけど。……知ってるのか？　命の重みを。

「光久君は絵を戻したら出勤するの？」

絵を車に積み終わると、梶本さんに訊《き》かれた。

「いいえ、これからべつの場所に移動して、また絵を飾ってからですね」

「べつの？」

「母校です。それも先輩の遺言なんで」

——あの高校に、絵を一点飾ってほしい。

俺と出会った頃にはほとんど不登校の不良生徒で『勉強なんて誰にでもできる』『命を無駄にしないためには他にもっとやるべきことがあるはずだ』と飢えて外ばかり見ていたのに、それでもあの人は死に際になるとあそこに自分の存在を遺したがった。

「そうか……木生は母校にいい想《おも》い出《で》があったんだね。ますます素敵だな」

梶本さんのしんみりした笑みに、俺も苦笑して返す。

「貸してほしいって依頼を受けた絵が母校に飾ってあったりして、入れかわりが激しいんですけどね。生徒も絵の価値があがってからは誇らしげに眺めてくれるし、先輩もなにか飾ってあればいいって感じだったから、定期的にかえたりで」

話しながら、運転席にまわってドアを開けた。鞄《かばん》をとってなかからずっしり重たいA４変形版の一冊を引っぱりだす。

「槇野さん、はいこれ。木生先輩の遺作集です。よければもらってください」

ぴくっ、と肩で反応した槇野さんが駆け寄ってきた。

「いいの？」

……と、訊いてくるわりには、もう摑《つか》んで離す気配もない。今度こそ噴いてしまった。

「いいよ。本当にファンになってくれたんですね」

「なったよ。もっといろんな絵が観たかったから、画集はとっても嬉しい」

「そう？　俺が資料で持ち歩いてたやつだから、そこまで喜ばれると申し訳ないな」

「そんなことない。如月さんが持ってたものの方がいい」

表紙の絵を眺める彼の瞳《ひとみ》が輝いている。〝如月さんが持ってたものの方が〟って、俺たちの先輩後輩以上の関係まで見透かすような物言いだ。なかなか鋭いな。野性の勘ってやつ？

もっとも、木生先輩が有名になればなるほど『絵をすべて譲り受けるなんてただの後輩じゃないだろ』と責められて、俺も異端扱いされてきたけれども。

「俺と一緒に木生の母校へ行きます？」

なんとなく誘ってみた。

「えっ」

ぱっと顔を上げた槇野さんは目を見開いて、行きたい、と訴えてくる。

「店長の梶本さんが許可してくれるなら散歩がてらね。絵も重たいし、手伝ってくれたらありがたいよ」

そして槇野さんの期待に満ちた視線は梶本さんに注がれた。「えぇっ」と戸惑う梶本さんを、俺も笑って煽《あお》る。

「帰りもちゃんとここに送り届けますよ。往復で二時間程度かな」

「そりゃ、かまわないけど……僕の方が先に木生のファンだったのに狡《ずる》いなあっ」

「あはは。どうせ力仕事ですから」

ファンか、と頭の隅で思いつつ、助手席に槇野さんを促して梶本さんに笑いかけた。

「じゃあ失礼します。後日連絡しますね。またいつでも先輩の〝絵画展〟をしてください。よろしくお願いいたします」

「……これ、すごい」

槙野さんがさっきからずっと遺作集を眺めている。背中をまるめて一ページずつ細部まで観察しているから「酔いますよ」と注意しているのに、「べつにいい」の一点張りだ。

「どうして同じ絵があるんだろう。これは下書き?」

俺が運転しているのもおかまいなしに訊いてくる。

先輩は鉛筆書きのラフも含めて同じ構図やタイトルの絵をいくつか描いていて画集にも並べて掲載しているから、そのことだろう。

「思うような色がでないとか、理想の表現に近づかないとか、理由は様々だと思うよ。ご両親も詳しくはわからないらしい。俺も、知り合ったのは先輩が絵を辞めたあとだったからなんとも。ただ、」

煙草を咥《くわ》えて火をつけながら続ける。

「五十三ページの『虚空に望む』って絵は一年後にもう一度描いてるでしょ。単純に考えれば再挑戦したものって解釈できるよね。他にも数ヶ月経て二度、三度描いてる作品があって、専門家も絵の深みが全然違うって評してたし」

木生の絵には風が吹いている——と、誰もがくちを揃《そろ》えて言う。

音のある静寂、渡っていく風、そこにある寂寞《せきばく》、意思、信念が魅力なのだそうだ。風景画も肖像画も、決して停止した姿を描かなかったせいだろうが、反して熱はないとも言われる。

目を閉じて死を見据えながら、自然の音を、風を聴《き》く。冷静沈着。生きていた頃のあの人そのものの評価だ、と思う。

「……如月さん、絵のページを空《そら》で言えるんだね」

槙野さんの表情に憧憬《しょうけい》が浮かんでいるから、苦笑してしまった。

「編集に関《かか》わったからだよ」

「あ、出版社の人だから」

「ううん。もとは絵を公にしてやろうと思って母校の美術教師のツテで展示会に出品したり、個展を開催したりしてただけなの。そうしたらうちの出版社の社長が声かけてくれてね」

「画集があとなんだ」

「皮肉なもんだけど、死んでるとやっぱり価値があがるんだ。しかも若かったうえに男前とくればいい売り文句でしょ。本人も知らないうちに、いまではちょっとした有名画家だよ。死んだときはただ余命とむき合って気丈に生きた、すこし臆病者の高校生だったのに」

あの人のファンと接していると〝先輩〟が〝木生〟という画家に変貌《へんぼう》する。この違和感には、本当はいまだに慣れない。

ふいに「ごほっ」と槙野さんが咳《せき》をして顔をそむけた。俺は自分の手にある煙草に気づく。

「あっ、ごめん。煙草苦手だった？　いつも訊いてから吸うのに失念してた。これもあの人が吸ってたやつでさ、」

余計なことまで言った。焦りを笑いでごまかして助手席側の窓ガラスを数センチ開けると、勢いで煙草を揉み消す。

「……如月さん」

宥《なだ》めるような柔《やわ》さで腕に触られて、はっと神経が張り詰めた。

「俺、この絵が特に好きだよ」

促されて画集を見たら、先輩が高校一年の頃に描いた夜空の絵があった。

星だけが極々ちいさく瞬いている藍色《あいいろ》の夜の空。雲が灰色に透けて流れている。

「ああ……それは好き嫌いがはっきりわかれる珍しい絵なんだよ。俺も好きだけどね」

「そうなの？　俺は吸いこまれる」

満月じゃなくとも、三日月でもいいから月を描いていればもっと理解しやすい絵になっただろうに、あの人は描かなかった。夜空に絶えず存在している絶対的な光さえ、信じていなかった頃の絵なんだと思う。有り体な希望や兆しに思いを馳《は》せず、現実に潜む絶望をありのまま投影しようとしたような真摯《しんし》な闇《やみ》。だからこそ怖《おそ》れる人もいるんだろうが、逆にやるせなさにもがいたことのある人間なら、その擦り切れた弱部を射貫《いぬ》かれる。

「槙野さんは昔から絵が好きだったの？」

すっかりフランクな口調になってしまった。この人も敬語を使わないからつられる。

「絵には明るくないよ」

「そう？　文化系っぽいけど、高校とか大学でなにやってた？」

「高校でバスケしてた」

「体育会系なんだ。言われてみれば、そこそこ身長あるもんね」

「如月さんも同じぐらいだ」

「背はのびたけど、俺はばりばりの文化系だよ。先輩とも美術部で知り合ったし。絵やら本やら運ぶようになって力がついたかなってぐらいで、スポーツはからっきし駄目。槙野さん、脱いだら腹筋割れてんの？」

「ないよ。昔は割れてたこともあったけど」

「かっこいー」

くち笛吹いて持ち上げたら、「心のこもってない言い方だな」と苦笑いされて俺も笑った。

「目いっぱい心こめたよ」

「嘘《うそ》だ」

「ほんとほんと」

「木生みたいな人が好きなんでしょう？」

「そりゃあね」

——赤信号で車をとめた。正面にはゆっくり歩き始める腰の曲がったおばあさんがいて、うららかな、命の誕生にも死にも無頓着《むとんちゃく》な午後の情景が広がっている。

横目で槇野さんをうかがうと、しごく真剣な、深刻なようすでこっちを見つめているので、喉《のど》の奥でちょっと笑ってしまった。

……ふうん、なるほどね。

母校の駐車場に車を入れて絵を運んだ。展示するのは美術室だが、先に職員室に寄って美術教師の宮城広志《みやぎひろし》を呼びつける。

俺と木生先輩が美術部に所属していた当時、顧問だったのが宮城だ。

「さっき話した、木生先輩の展示会に協力してくれた教師っていうのがあいつですよ」

「あいつって……、」

槇野さんが突っこんできたタイミングで、宮城が「やあ、光久」と現れた。あほみたいに明るい笑顔で両腕を差しのべてくるから、すかさずよける。

「お久しぶりです。先輩の絵を入れかえにきたので、美術室を開けてください」

「開けてあるよ。今日は光久がくるって言うから楽しみにしてたんだ。一緒に行こう」

さらに絵にむかってのばされた左手に、褪《あ》せたマリッジリングがある。

払いのけた。

「今日は助手もいるから結構です。失礼しました」

槇野さんの腕を摑んで身を翻す。

「待ちなさい」と追いかけてくる宮城は、

「その彼は新しい男か？」

と、学校内にも拘《かかわ》らず声を張り上げた。絵を抱きかかえて注意深く足をはやめる。返答すると逆効果なので無視するが、

「わざわざここへ連れてくる恋人なんてよっぽどだね。初めてじゃないか？」

宮城の挑発はエスカレートしていく。

「木生とのことは話したの？　僕とのことは？」

舌うちして階段をあがり、廊下の突きあたりにある美術室へ急いだ。槇野さんは黙ってついてきてくれる。ありがたいな。できれば奴の存在ごと視界にも記憶にも入れないでくれ。

「光久っ」

美術室に入ってドアを閉め切った。息を整えながら絵を机の上に置いて梱包を解いていると、こっちの拒絶などスルーして宮城も入ってきた。

「光久、」

「槇野さん、あそこに飾ってある絵をとってきてくれますか」

遮って、槇野さんに頼む。絵は美術室全体を見下ろすように、うしろの壁に飾ってある。

眉根《まゆね》にしわを寄せた槇野さんは、宮城を一瞥《いちべつ》すると察したように絵の元へ行ってくれた。

「キミを待ってた。会いたかったんだよ、光久」

かわりに宮城が横で吠え始める。ここで木生先輩の絵に触れているときは神聖な気持ちでいたいのに、この教師はいつも邪念を差し挟んでくる。いつも。いつもいつもいつも。

今日は槇野さんにお門違いの妄想で嫉妬《しっと》をしているから余計に質《たち》が悪い。

「聞いているのか、みつ、」

「先生。お子さまも小学生になって立派に成長していらっしゃるのに、父親としての自覚がなさすぎじゃありませんか」

「言っただろ？　妻は子どもができてから〝ゾッチに興味がなくなった〟って宣言したんだ。僕にはまるで目もくれない。家族は愛していても、夫婦間の愛情はなくなった」

「自業自得ですよね」

「やりなおそう光久。いまでもキミを愛してるよ」

「生徒に聞かれたらどうするんですか、ご自分の立場を考えてください」

「最後の夜に見せてくれたキミの泣き顔が忘れられない」

解いた梱包の隙間《すきま》から覗く先輩の絵を、いま一度梱包材で隠して宮城を睨みつけた。

「いい加減にしろ、訴えるぞクソ教師が」

怒りを吐きだしたのと同時に、槇野さんと目が合った。

「光久、キミは僕へのあてつけに彼を連れてきたんだろう？　わかってるよ」

宮城が鼻で笑う。……殴ってやる、という衝動を我慢した自分は、大人になったと思う。

絵を飾り終えてなんとか宮城を振り切ると、車に戻って持ち帰った絵を積みなおした。

「あてつけじゃあありませんからね」

黙りこくっていた槙野さんにむけて溜息《ためいき》まじりに弁解すると、

「……あの教師はどうかしてる」

と思いがけず手厳しい非難が返ってきて噴きだしてしまった。初対面の人にまで神経を疑われる宮城がおかしい。

「子どもができてからは責任感が芽生えるどころか、ますますイカれちゃってね」

「でも如月さんは付き合ってた」

「やめてほんと。当時は〝教師と不倫ってオトナみてー〟って思ってたガキだったんだ。黒歴史すぎて恥ずかしいんだけど、思春期だったから大人の教師とセックスしてることに優越感があったんだよね」

「優越感」

「要は宮城も俺も、自己満で不倫してたっていうか……そのばかさに気づかせてくれたのが木生先輩だったんだよ」

車に乗りこんでエンジンをかける。ふと、渡り廊下を歩いて行くふたりの生徒が視界を掠《かす》めた。俺が在学してた頃とは違うデザインの制服に身を包んで、なにやら楽しそうに会話しながら校舎へ消えて行く。

変化したものもあれば、昔のままのものもある。感慨に浸っていると、屋上から見た木生先輩の姿を想い出した。呼びかけたら、俺を見上げた先輩が太陽の光を遮るように片腕を上げて微笑《ほほえ》み返してくれた。あの澄んだ瞳。日差しに透けた肌の色。清潔な白いシャツ。

八年前の初夏、学校は面倒でしかなかったし宮城との不倫にも疲れていて、俺は心底怠惰なガキだった。この正門も何度もあの人とくぐって帰ったけれど、戻りたくなるような貴重な時間になるなんて思ってなかったな。一歩一歩、もっと噛《か》み締めて歩けばよかった。

「如月さん、」

靄《もや》になって心を覆おうとしていた感傷を、槇野さんが一言で割って我に返らせてくれた。

ごめん、というふうに苦笑いして学校をでる。一歩でてしまえば、現実だ。

「槇野さんも男好き？　さっき会ってからずっと視線が痛いよ」

日が暮れ始めていた。川沿いの道を走ったらきっと、夕日が綺麗《きれい》だろうな。

「……同じだって思ったんだよ。〝先輩を亡くした〟っていうのが」

「そうなんだ。恋人だった人？」

「曖昧《あいまい》なうちに、事故だった」

「へえ、そこも同じだ。運命じみてるね」

あの土手へ行ってみようか、と気持ちが揺らいだ。でも、まだ、と思う。……まだ。

槇野さんは膝《ひざ》の上にある先輩の画集に両手を添えて黙っている。掌ときちんと揃えた指先が、労《いたわ》るような仕草で時折カバーを撫でる。……俺がページを何度もめくった、その手垢《てあか》や思いごと貴重だと言ってくれた人。

「槇野さん」

車が信号で停車したタイミングで、また鞄を探ってなかからポストカードをだした。

「これもあげるよ。うちでグッズの販売もしてるんだ。出会えた記念にもらって」

槇野さんが気に入ってくれた月のない夜空のカードだ。俺は笑顔で差しだす。

「いいの？」

「いいよ。どの絵も先輩の分身みたいなものだけど、この絵はとくに特別だと思ってるから、好いてくれる人は俺にとっても大事な人だよ」

しばし逡巡《しゅんじゅん》したのち、槇野さんは受けとってくれた。

「……わかった。ありがとう」

「あと〝如月さん〟っていうのもやめて。そこだけ丁寧だとくすぐったいよ」

こそばい、というふうに首のうしろを掻《か》いておどけたら、槇野さんは笑った。無垢《むく》な笑顔に安堵《あんど》して頬《ほお》を軽くつねってやると、さらに無邪気に「よせ」と肩をすぼめる。

そうして、約束通り二時間ちょいで猫カフェに帰ってこられた。すでに空は薄明を迎えて夜の群青に淡い橙色《だいだいいろ》が低く沈んでいる。

槙野さんは車を降りる前に、俺の目を見つめた。

「光久、また話したい」

……会いたい、じゃなくて、話したい、か。

「どんなこと？」

「いろいろ。絵のことも、光久と木生さんのことも知りたいから」

知りたいと言い放つ黒い瞳に、覚悟に似た輝きがうかがえる。

お互いの過去を共有しようとしてくれているのか。

「……ン、いいよ。携帯電話の番号交換する？」

「それは持ってない、から、買う」

笑った。

「ははは。わかったよ、じゃあそれまで店に通う」

「待ってる」

梶本さんにもよろしくね、と伝えて別れた。店に入る直前にもう一度振りむいた彼に、手を振ってこたえると、力強く頷いて去って行く。

——ゴゴ、と、猫に名づけるような男に、出会ってしまった。

朝日が眩《まぶ》しい。寝返りをうって、携帯電話を枕《まくら》の下からとりだした。……九時半か。休日は気が抜けてつい寝過ぎる。

――『今日行くよ』

隙あらば閉じようとする瞼《まぶた》に力を入れて、まだ動きの鈍い親指でメールを送信した。

――『待ってる』

返事はすぐに届いた。槇野さんは結構まめな人だ。携帯電話を持ってから、メールも電話も仕事中以外は素早く反応してくれる。

――『ゴゴはいる？』

また返したあと、ベッドをでて洗面所に移動した。顔を洗って歯を磨いて諸々《もろもろ》すませて戻ったら、携帯電話のランプが点滅している。

――『いるよ。今日もたくさんメシ食って元気。何時頃にくる？』

何時頃……。考えながら窓辺に移動してカーテンを開ける。晴れてはいるが、遠くに薄灰色の雨雲が潜んでいる。

――『午後一時ぐらいかな』

降りそうだな、といま一度雨雲を眺めていると、一分もせずに着信音が鳴った。

――『わかった。待ってるよ』

待ってる、というのは槇野さんのくち癖なんだろうか。行くのと待つのとで、遠く離れながらにして誰かと意識を繋《つな》げ合う時間は結構貴重なものだよな、と思う。

槙野さんの〝先輩〟は、羽田野《はたの》さんと言うそうだ。

あれからまた詳しく教えてくれた。

槙野さんが目のあたりにした事故の光景を自分にあてはめた瞬間、俺なら狂う、と思った。それでそのまま伝えたら、彼は苦笑して『狂ったよ』と言った。『あの人の時間だけ止まる理不尽さが、猛烈に嫌だったから』と。

俺は先輩が死んだとき、『寝ないで』と叫んだ自分の声を思い出していた。ベッドに座って彼の細く骨張った頼りない背中を抱き締め、『先輩、起きて。寝ないで』と繰り返した。睡《ねむ》りたくなかったのは他の誰でもない、先輩自身だったのに。

携帯電話を机の上に置いて、無意識に鼻歌をうたいながら服を着替えた。頭に残っていた着信音の『Under The Sun』。先輩が好きだと言った映画の主題歌で、何度機種変してもこれ以外の音に変えられない。もう自分の携帯電話はこういうものなんだ、と半ば諦《あきら》めている。

着替えて髪を整えて、コーラを飲んだ。朝食兼昼食は猫カフェでとればいいな。

「行ってきます」

部屋に飾ってある先輩の絵に声をかける。

星と雲だけのこの夜空の絵は、先輩が亡くなって以来ずっと俺の部屋にある。

徒歩で四十分かけて猫カフェへむかったら、着く頃にはかなり疲れていた。

「なんでまた徒歩で？」

梶本さんが笑って首を傾げながら、食事のメニューと水をくれる。

「このあいだ槇野さんが〝歩くだけでも体力がつく〟って教えてくれたんで、海岸沿いなら景色観ながらいい気分で歩けるかなと思ったんですけど、意外と疲れました」

「あはは。砂浜って歩きづらいもんね」

「今後に活《い》かします」

海老《えび》ピラフとウーロン茶を注文してメニューを返す。梶本さんとは先輩の件で知り合ったあとお得意さまとして付き合いが続くんだろうと予想していたのに、こちらがすっかり常連になってしまった。

槇野さんがゴゴを抱いてきて「いらっしゃい」と俺の横の椅子《いす》に腰かけると、

「でも槇野君は本当にこの一年で健康になったよね」

と梶本さんが続けた。

「最初に『働かせてください』ってきたときは、もっと痩《や》せてたし体力も全然なかったんだから。それこそ捨て猫みたいだったなあ」

「……あの頃はひきこもりだったんです」

ぼそぼそと弁解した槇野さんを覗きこんで「流行のニート？」と冷やかしたら、恥ずかしがるでもなく「うん」と認める。

「俺は最初、無一文で梶本さんのところへきたんだ」

「あのときはびっくりしたよ。家もないって言うからここに住まわせてあげてさ……心配していたけどいまでは僕より猫の世話が上手だし、よく観察して性格も把握してくれてる。ちょっとようすがおかしいだけですぐわかるんだもの。ね？」

槇野さんが「いえ」と謙遜《けんそん》して照れ臭そうに俯《うつむ》くと、梶本さんはにこっと微笑んで「食事を用意してくるね」とキッチンへ消えて行った。

……高校で性癖を自覚して、初恋の人を亡くして、家族とも縁を切って、大学を卒業したあとは引きこもりのニート生活か。

「貴方《あなた》の人生は波瀾《はらん》万丈だね」

ガラス張りの壁から差しこむ日差しに、槇野さんの黒い瞳が茶色く透けている。

「光久も負けてないだろ」

「そう？　少なくともニートの経験はないよ」

眉を上げてとぼけた素振りでからかったら、苦笑しながら腕を叩《たた》かれて、俺も笑った。

「……まあ、張り合うことでもないね」

グラスを傾けて氷がきらきら光るのを眺める。槇野さんが「うん」と頷くのと、ゴゴが「にゃ」と鳴くのが同時だった。

やがて槇野さんが隣の遊戯スペースへ接客しに行くと梶本さんが料理を持ってきてくれて、俺は透明の仕切り越しに槇野さんと猫を眺めつつ腹を満たした。お客さんに猫を紹介する笑顔は活き活きしていて自然だった。好きなものを共有できる相手とうち解けていく喜びが見てとれる。槇野さんに合った仕事なんだろうな。

捨て猫、と梶本さんの言葉を反芻《はんすう》する。羽田野さんを亡くして梶本さんのところへくるまでは数年のブランクがある。その間ずっと捨て猫でいたんだろうか。

雨が降りそうだから、とカップルのお客さんが帰ると、俺は食事を終えて入れかわるように遊戯スペースへ移動した。

玩具《おもちゃ》を持ってゴゴに近づく。ゴゴはうさぎ毛のついた玩具が好きだ。ぬいぐるみなんかはすぐ飽きるくせに、うさぎ毛の輪っかの玩具はひとりで投げたり殴ったり噛んだりして飽きずに遊ぶ。

「大はしゃぎだな」

「いまちょうど大暴れタイムなんだよ」

「大暴れ？」

「はしゃぎだす時間があるんだ。うんちのあとにも、どぅるるるって走りまわったりする」

「あははは。こいつの興奮メーターの振り切れ具合は謎《なぞ》だな」

ほわっとした毛むくじゃらの頭を撫でた。掌を突く短い毛と皮膚の下の頭蓋骨《ずがいこつ》の感触が、生きている動物なんだと実感させる。ちいさくてもこの身体《からだ》には骨が通って体温があって、呼吸している。不思議な感覚だった。

「にゃー」

淡い真昼色のゴゴが鳴く。

――光《ヒカル》は、自分がどうして生きてると思う。

木生先輩の声を想い出した。

――どうして生きているのか。なんのために生まれたのか。何かをして何かを学ぶための命なら、自分はどんなことを必要としているのか。……そういうこと、おまえは考えない？

――自分が生まれてきたことを心に留めて生き続けてくれる他人がいるなら、そいつは誰なんだろうな。もう、出会ってるんだろうか。

「……あ、雨が降ってきたね」

槙野さんの一言に、はっとして顔を上げた。窓ガラスのむこうに斜めに降り始めた雨の筋がある。空は、曇っていた。

「光久、傘持ってなかったよな」

「ああ……忘れた」

「今日は降る空だったのになんで」

なんでだろう……？

「深く考えてなかった。ちょっと、そこだけぼうっとしてたな。歩いて、槙野さんのところに行こうって考えてて、ほんとそれだけで、」

全然なにも、他意はなくて、と否定すればするほど、自分の底にあるこたえに行き着いてしまう気がした。無意識が、本心と脆弱《ぜいじゃく》を暴きだす。

「……俺、今日は四時で仕事が終わるんだけど、うちで雨宿りしていく?」

槙野さんが誘ってくれた瞬間、観念した。

——俺、晴れの雨は好きだよ。哀《かな》しいことを心にしまって、笑ってるみたいじゃないか。

空の色や土手の草木の香り、先輩の表情までなにもかもが脳裏に濃くはりついている。そうだ。俺は、晴れればいいのに、と思っていたんだ。そして降るなら綺麗だから濡《ぬ》れてもいいや、なんて。

槙野さんの部屋は猫カフェの二階にあった。

「店長と奥さんが三階に住んでるけど、そっちには行き来できないようになってるから」

薄暗い階段を土足であがっていくと細長い廊下に突きあたり、左手にふたつと奥にひとつドアがある。槙野さんは奥のドアを開けて「どうぞ」と招いてくれた。

真正面に窓とベッドがある正方形の狭い一室だが、他に空間を圧迫する家具がないせいか広く感じられる。目立つものといえば、壁沿いの床にずらっと飾られた玩具だけだ。

これは、食玩……？

「えらいたくさん玩具があるね」

アニメのフィギュアストラップにミニカー。ミニチュア家具やら文具やら。猫の玩具とは思い難い。

「あ、このパンダ、ペットボトルについてたおまけだね。こういうの好きなんだ？」

「もらい物だよ」

「もらい物？　こんなにたくさん？」

槇野さんは座布団がわりのクッションを置きながら、「そう」と淡泊に頷く。

玩具をこんなにくれるって、どんな相手だろう。

「失礼だけど、槇野さん人がいいから、がらくたを押しつけられたんじゃない？」

いらねえからやるよ、と渡されて、捨てるのを忍びなく思った彼がちまちま並べている姿は容易に想像できる。そういう、傍《はた》から見れば損な優しさが、この人にはある。

「違うよ。ニートだった頃世話をしてくれた人に、俺が買ってもらったんだよ」

苦笑する槇野さんに促されてクッションへ腰をおろすと、「飲む？」と背後の小型冷蔵庫からコーラのペットボトルもとってくれた。

「捨て猫になるまえに、世話をしてくれた人がいたんだね」

「高校の後輩だよ。もう死のうって思ってたときにたまたま会ったんだ」

この声も淡々としていた。いまは自害への誘惑を乗り越えたことと、俺を信頼してくれていることを理解する。

「どうしてその人の家をでてきたの」

もらった物をこんなふうに飾っておくのは、存在を傍《そば》に感じていたいからじゃないのか？

「幸一《こういち》には彼女がいて、俺は苦しめてばかりだったから」

こういち。

「彼が槇野さんに惚れちゃった、とか？」

「好きになったのは俺」

すっと息を呑《の》んで、俺は目を見開いた。

「羽田野さんを亡くしたあとに、恋愛ができたんだね」

「幸一は救世主だよ」

救世主。死の前で自分の世界を救った男……？

「素直に驚いた」

率直な感想をくちにする。

槇野さんは唇に笑顔を浮かべて視線だけ寂しそうに下げた。

「食事も、服も、幸一は生きるためのものを毎日すこしずつ与えてくれたよ。死ねないどころか未練ができた。どんどん自分が未練を持ってるって、思い知らされたな」

普通は、大切な人が死んでも残された者は生きていく。世界から人間がひとり消えたというのに一分一秒変わらず進んでいく時間、他人、物事のど真んなかに無理矢理身を投げ入れて、なんとか生活していくのが一般的で、常識的だ。

俺も生きた。泣き崩れて塞《ふさ》いだり食事を抜いたり学校を休んだり、そういう行動は一切起こさなかった。それらは木生先輩の死を肯定する行為だ、とも思っていたからだ。

平気なふりをした。親に、親しかった先輩が亡くなった、と話しもした。友だちと遊んで笑いもした。いつも通り美術部の活動をして、宮城と木生先輩の思い出を語り合いもした。それからすぐ、あの人の夢を叶《かな》えるために、絵を多くの人間の前に晒《さら》すのに躍起になった。いない、と認めなかった。いる、と想い続けた。

貴方はいる。俺といる。俺のなかに生きている。忘れない。

でも槇野さんは羽田野さんが辿《たど》った運命を真っこうから受けとめて、もぬけの殻になったところで幸一さんに助けられたのだ。俺とはてんで真逆だ。槇野さんの強さと、自分の命の短さと戦い続けた先輩の強さは似ている。そしてそれが、俺にはなかった。

「光久」

「ん？」

「俺のことも、名前で呼んでいいよ。光久だけよそよそしいのもおかしいだろ」

同い年なのに、と槇野さんが呟《つぶや》いて、冷蔵庫からだしたレモンスカッシュを飲む。

「じゃー……かずちゃん？」

「なんで」

むっと照れて睨んでくるから笑ってしまった。

「和隆って呼んでいいの？」

「どうして訊くんだよ」

に、と笑顔を返事に変えると、槇野さんははたと停止して、こう返してくる。

「……木生は、光久をなんて呼んでたの」

「秘密」

続けて突っこまれるまえに、こっちから質問を投げた。

「かずちゃんって、もしかして惚れっぽい？」

「そんなことない。……かずちゃんやめろ」

「でもわりとさくっと他人の懐に入ろうとするよね」

「もしそうなら今頃店長と不倫してたんじゃない？　どこかの誰かみたいに」

うっ、と俺が詰まったら、にやっといやらしい笑みになる。なかなか悪賢い奴だ。

「あのさ、俺の場合不倫の罪悪感だけじゃなくて〝相手がクソ〟っていう恥ずかしい黒歴史までダブルでのしかかってくるから、ネタにするのやめようか」

「だから面白いんだろ」

「いい性格してるな、かずちゃん……」

「かずちゃん言うな」

まあ宮城がいなかったら先輩と出会う必然もなかったわけだし、全否定はしないけどさ。先輩の絵も、あいつの人脈のおかげで広めることができたから感謝しているし。

「けどもうすこし相手を選ぶべきだったよな。それこそ梶本さんみたいに真面目《まじめ》で温和な人なら、ふたりで不倫に酔って浸って三文小説みたいな恋愛が楽しめたんだろうに」

槙野さんが「ははははっ」と爆笑して、ちょっとびっくりした。

「そこでツボるの？」

「店長が勝手にゲイにさせられたり不倫をさせられたりしてるのが面白くて」

「ああ確かに」

あの人愛妻家だもんな、と笑い合ってコーラを飲むと、槙野さんが俺を見つめてしみじみ囁《ささや》いた。

「光久のそういう飾らないところが好きだよ。腹の探り合いをしなくてすむ人は、好きだ」

好きだ、と言ってしまえる目は、深くて黒い。

きっと槙野さんは芯《しん》が強いんだと思う。この人は本当の意味で現実から逃げない。

羽田野さんが撥《は》ね飛ばされた光景を、いったい幾度思い返したんだろうな。

二度と会えない事実に、何度泣いたんだろうか。

じつのところ俺は槇野さんに会うまで木生先輩との関係の真実を誰にもうち明けなかったもんだから、ここ最近で急に当時のすべてが眼前に迫ってきて戸惑っているほどだ。

自分ひとりで思い馳せるのと、言葉にして他人とわかち合うのとでは、現実感が違う。

「槇野さんとの出会いも、必然だったんだと思うよ」

「俺も、社会復帰してよかったと思う。本当は仕事嫌いで、そこは幸一にも軽蔑《けいべつ》されてた」

「あはは。仕事嫌いか。でもしょうがないよね。俺はニートだった貴方にも憧《あこが》れるな」

俺から目をそらさずに、槇野さんは「なんで」と訊いてきた。

「好きだからだよ。――俺が木生先輩を、好きだから」

こたえて窓の外に視線をむけた。雨がやまないなと思って、あの人とふたりでお天気雨の下で雨宿りした土手での夕暮れ時を、また想い出した。

先輩が亡くなってからの八年は、あっという間だった。歳《とし》も背もとっくに越えたよ。先輩はずっと十八のままだ。だけど越えない。どんな他人も、俺のなかでは貴方を越えない。

俺が毀《こわ》れたら、貴方はどうしただろうか。たぶん、ばか野郎って怒りはしただろうけど、心の奥の底の底で安堵してくれた気もする。こっそりと密《ひそ》かに。

俺と宮城の愚かさを厳しく叱咤《しった》するような、誰より老成した高校生だった。

夢はなに？　と訊くと『心に残ること』とこたえた。

そういう男だった。

「槇野さんの幸一さんに対する感情は、本当に恋愛だったの……？」

宮城との戯れに溺《おぼ》れて〝大人みたいな行為〟に陶酔していた俺は知っている。ただ縋《すが》りたいのは自己愛、相手を慈しみたいと想うのが愛情だ。脆弱であるほどに、人間は間違える。本当に救いたいのが誰なのか。

「恋愛だよ」

槇野さんは言い切った。一文字に引き結ばれた唇を見て、もしかしたら、と俺は考える。もしかしたら、俺もこんな感じだったんだろうか。宮城に対して恋に恋していた頃の俺が、あの人にはこんなふうに見えていたんだろうか。

「恋愛だ」

断言が繰り返される。

「俺は幸一が好きだった。救ってくれたこと、忘れない」

……そうか。やっぱり違うな。この人は俺より強いし愛情のなんたるかを知ってるらしい。これが、一度立ちなおったことのある人間の目なんだろう。

傘を借りて部屋をでた。

猫カフェの外で二階の窓を見上げ、歩きだしてメールをする。

――『ごめん』

家まで徒歩で四十分。雨だから、もう五分長く歩いた。

疲れて冷えた身体を風呂で温めて、さらに三十分。

それでも結局、槇野さんからの返事はなかった。あんなにまめだったのに。

怒らせたんだな。それだけ幸一さんを好きだったわけか。

救世主か……。

考えながら窓辺に立って雨雲を見る。『Under The Sun』の鼻歌が無意識にこぼれる。

三日後の午後、仕事のうち合わせ中に槇野さんからメールがきた。
――『木生が光久をなんて呼んでいたか知りたい』
数日放置して第一声がそれですか。
――『幸一さんは貴方をなんて呼んでたの?』
休憩に入って喫煙室で煙草を吸いながら返事をうつと、
――『カラス』
と短い一言が戻ってくる。……カラス?
――『なんでまた。カラスって死を呼ぶ不吉なイメージがあるよね』
あ、また失言したな。と、送信してから気がついた。

――『昔は俺の髪が長くてぼさぼさで、服も黒が多かったからだよ』

これは怒ってる、か……?

――『そうなんだ。目も綺麗な黒色だもんね。高校の頃から格好よかったんだろうな』

――『機嫌とろうとしてるだろ』

――『してます』

五分ぐらい間があった。

――『今夜、俺と一緒に行ってもらいたいところがある。付き合え』

命令かよ。

――『はい、お供させていただきます』

――『仕事が終わったら連絡しろ』

――『イエス、サー!』

――『やめろ』

わずか二秒で俊敏な突っ込み。

――『ごめん、和隆』

そろそろ戻らないとな、と煙草を揉み消すと、もう一度『Under The Sun』が流れた。

――『ばか』

夜七時に駅で落ち合って和隆に連れて行かれたのは【kaze】という喫茶店だった。

ドアをカランと鳴らして入店すると、マスターらしい男性がカウンター内から和隆に微笑みかけ、「いらっしゃい」と迎えた。

馴染《なじ》みの店なのかな、と思いつつ和隆に促されてカウンター席へ腰かけたあと、すすめられたコーヒーをそのまま揃って注文して、それから紹介された。

「マスターの浅木《あさぎ》さん。俺の母校の元教師で、奥さんと離婚して、いまは恋人のシヅキとこの店を経営してるんだよ。シヅキは男」

和隆は唇をにいと曲げて笑んでいる。……ほほう。元教師で離婚して、男の恋人とね。

「幸せそうでいいですね」

笑顔でこたえながらカウンターの下で和隆の手の甲をつねってやったら、顔をそむけて、ふっ、と噴きだしやがった。

マスターは「いやあ。今日シヅキはお休みいただいているんですけどね」と苦笑いして、コーヒーをいれ始める。俺は自分も「如月です」と自己紹介した。

「如月さんか。槙野が人と連れだってくるのは初めてですよ」

「知り合ってまだ一月《ひとつき》ぐらいですけど、親しくさせてもらっています」

「出会いはあの猫カフェ？」

「ええ」

「お仕事は？」と続けて訊かれて返答する。現在担当しているのは写真集で、どんなカメラマンのどんな写真か適当に説明した。和隆も横で興味深げに聞いている。

「展示会もしてるんですよ。最近はこういう喫茶店で寛《くつろ》ぎながらやる個展も多いんです」

「へえ、個展か。店の宣伝にもなっていいですね」

「そうですね。和隆の働いている猫カフェでも常連が増えたって店長に喜んでいただいて、俺も嬉しかったです」

さり気なく営業しつつ店内の壁を見まわして、どこに何号の作品をいくつ飾れば見映えするか想像してみる。木生先輩のせいで癖になってしまったいやらしい習慣だが、仕事がてら彼の絵との出会いのきっかけもつくれたら万々歳というのが本音だ。

「梶本さんも喜んでたのか……いいな、僕も絵や写真は好きですよ」

「ありがとうございます。機会があればいつでもお声かけてください」

とはいえいきなり金の話はしたくないので、早々に切り上げる。マスターが美術関係に興味を持っていることだけ知られれば、第一段階としては十分。

「仕事の顔してるな」

和隆が指摘してくる。

「でも光久は仕事をしてても楽しそうだ」

「その言葉そっくりそのまま返してあげるよ、猫先生」

すぐむっと睨まれた。

「変な呼び方するなよ」

「かずちゃんよりよくない？」

「どっちもばかにしてるじゃないか」

「仲がいい証拠でしょ」

「むかつく……」

赤い頬して怒っても説得力皆無だね。

マスターが「本当に仲よしだ」と笑いながらコーヒーをくれて、手元にいい香りが広がった。

「ふたりのやりとりは夫婦《めおと》漫才みたいだな」

……夫婦か。失礼して煙草を吸わせてもらう。火をつけて吸って、ゆっくり煙を吐きつつ横目で和隆をうかがうと、和隆もどことなく物欲しそうな表情で俺の反応を探っているから、今度は俺が顔をそむけてふっと噴きだしてしまった。

貴方が好きなようにこたえればいいでしょうよ。

「なんで笑うんだよ」

「すみませんね」

「光久の謝罪はいつも心がこもってないな」

「そんなことないよ」

「ある。だいたいメールで『ごめん』ってなんだよ。ちゃんと電話しろよ」

ここで蒸し返してきたか。

「ああ、なんだ。三日間放置されたのは、貴方が俺の声を聴きたかったからなんだ」

「違うだろっ」

「違うの？　まともに会話をしてくれなそうだったからメールにしたんだよ」

「する。俺は誰からも逃げたことはない」

「それは知ってるけど」

「謝れ」

まあまあ、と仲裁に入ってくれたのはマスターだった。

「夫婦漫才だよ、ほんとに」

笑ってくれたおかげで場が沈静する。だが俺はこうなってみて〝夫婦〟というのを否定したくなっていた。

だってそうだろ。和隆が怒っているのは俺が幸一さんへの愛情を疑ったからだ。和隆が〝謝れ、俺は幸一が好きだった、謝れ、謝れ〟とムキになればなるほど、和隆の気持ちが幸一さんの元にある証《あかし》になる。

〝疑うな、俺は幸一が好きだ、謝れ〟と真剣に怒られて、夫婦ですと笑えるわけがない。

そもそもマスターがいた母校というのは幸一さんも卒業したところなのだから、この喫茶店は幸一さんともきた場所だと考えない方がばかだ。そこに連れてこられているのも単なる制裁だとしたら結構痛いんですけど、その辺はどうなの。

「カラスどころか、貴方は小悪魔だね」

「どういう意味だよ」

「好意でしょう」

眉をひそめた和隆が唇を半開きにしてなにか言いたげに黙してしまうと、また助け船のようにマスターが「そういえば、」と切りだした。

「そういえば、加藤《かとう》は久美《ひさみ》ちゃんと結婚したらしいね」

「結婚……？」

和隆の顔から緩やかに表情が消えていく。

「そこそこいい会社に就職したし、身をかためておこうって決めたらしくてね」

「……会社員になったんだ」

「うん。就職した直後は仕事が大変だろってとめたんだけど、大変だから彼女が家で家事やら世話やらしてくれた方がいいってさ」

「幸せそうだ」

「幸せなんてもんじゃないよ。鼻の下のばして散々のろけて帰りやがったよ」

マスターが穏やかに笑って、和隆も、そうか、と納得すると、両頬を綻《ほころ》ばせて微笑んだ。

微笑んだあとはもうその表情が冷たく凍ることはなかった。

ここでは未練など断ち切ったというふうに、笑うのか。


その後も三人で会話をして過ごし、夕飯もすませて店をでた。

和隆に海岸沿いを散歩しようと誘われたので、砂浜を眺めて歩いていく。

日が落ちた空は暗く、すでに夜が深まり始めている。煙草をふかしながら、和隆は煙が苦手だから、と考えて距離を保っていると、やがて俺が和隆の背中を追うように一列になった。

時折、真横の道路を車が走り抜けて行って、和隆の猫背がライトに眩しく照らされる。

左手を上げてその背中にかざしたら、指の影に隠れて見えなくなった。

「和隆」

「なに」

でも、返事はちゃんと返ってくる。聞こえる。そこにいる。

波音に掻き消えないように、声を張って訊いた。

「貴方、幸一さんとはどれぐらい会ってないの」

「家をでてから一度も会ってないよ」

……ということは、もう一年か。

「ここで幸一に告白したんだよ」

ふいに、立ちどまった和隆が暗闇のなかでうち寄せる波を見遣る。

「そう」

俺も足をとめて海にむかって煙を吹いた。潮風が肌にまとわりついて髪を流していく。

「光久」

「ん？」

「三日前、俺は声が聴きたかったんじゃなくて、またすぐ会いたかったんだよ、光久に」

「あ、そう。ふーん」

「……なんだよ、その投げやりな言い方」

今夜は新月なのかそれともただ雲が濃いだけなのかわからないが、月がない。海もひたすらに怖いほど暗く、地平線が見えないほどの漆黒だ。

灯台の光源が回転しているのが遠目に確認できる。

どんなに遠くにいようとも、光は見える。

「行ってきなよ」

「え……？」

「会っておいで、幸一さんに」

本当にすべて乗り越えて、地に足つけて立つために。

「でもそのかわり、今夜貴方に触らせて」

言いながら、煙草の火を消した。そうして想像した。耳元で聞く和隆の吐息。自分の腕のなかで身じろぐべつの人間の身体。掌で知る体温。命。

「……触るって、どんなふうに」

和隆の鋭く黒い瞳が俺を凝視しているのは、見返さなくてもわかった。

「生きてるって、確かめるみたいに」

俺がこたえると、

「……うん。いいよ」

返事は思いの外しっかりとした、力強い声で返ってきた。


きてほしい、と頼んで自分の家に招いた。

灯《あか》りを消した部屋のベッドの端で、むかい合って額を合わせる。……額の中央に他人の頭蓋骨の感触がある。目を閉じて、和隆の呼吸に耳を澄ました。微《かす》かに開いた唇のあいだから吸って、吐く。……吸って、吐く。

俺が聴いているのに気づいたのか、そのうち和隆は音を抑えて息のリズムを乱した。すぐ息苦しくなってしまったらしく、ついには、はあ、と声を洩らす。

緊張しているんだと理解したら、さらに追い詰めたい衝動に駆られて服の襟を割き、首筋に歯を立てた。果物を味わうように噛んで吸う。唇越しに脈がうって、果物じゃないと認識したのと同時に、和隆がびくと戦慄《わなな》いた。

反応してくれる。自分を感じてくれている。

愛《いと》おしさがこみ上げてきてつい乱暴に左の手首を拘束した。掌に和隆の体温が伝わってくるから、和隆には俺の体温が届いているはずだ。

生きている。ここにいる。

「……キスは、また今度にしよう」

吐息まじりに、でもしっかりと意志を持って和隆が懇願した。

瞬間、頭のなかを放課後の美術室の情景が支配した。椅子に座ってむかい合い、木生先輩とキスをした。目を閉じた闇のむこうに響いているのは先輩の携帯電話から繰り返し流れる『Under The Sun』。

最期まで、先輩とはキスしかしなかったのだ。

女々しいけど、あの拙《つたな》くて尊くて二度と還《かえ》らない感触を塗りかえていくのは、覚悟がいる。

「……まいったな。そんなところまで同じなんだね」

俺は苦笑して和隆の肩に突っ伏した。

「貴方に会えてよかったよ」

左手を上げて、和隆の心臓に重ねる。

「俺も、光久といるとらくだ」

「……緊張してはあはあ言ってるくせに」

「言うなっ」

照れ隠しのように背中をつねって反撃された。噴きだしてしまいながら、じゃあこの心臓の鼓動のはやさに突っこむのもやめておこう、と思う。

ずっと孤独だったし、喪失感に圧《お》し潰《つぶ》されそうだった。その辛《つら》さをごまかしてもがきながらひとりでやってきた。だからここで、自分が生きていることを和隆に確認してもらいたい。俺が息をしているか、体温があるか、ちゃんと歩いているか、笑えているか、寂しさに埋もれていないか、それらを正確に判断できるのは和隆だけだ。

顔を上げて和隆の肩に顎《あご》を乗せ、それから木生先輩が死ぬ間際にそうしたように、両腕で抱き竦めた。

「和隆」

呼んでみる。

「……うん」

彼も俺の肩に唇をつけて、くぐもった声でこたえる。

こうして抱き合いながら、貴方も羽田野さんや幸一さんのことを想っているだろう。

いつかキスをするときにも、やっぱり想い出すだろう。

想い出してほしい。すべてを捨て去るような、忘れ去るような人にはならないでほしい。そして俺とふたりで、いま生きていることを実感してほしい。何度も。

「貴方が好きだよ」

囁いてから、耳を舐《な》めて弄《もてあそ》んだ。人間の皮膚の味だ。

シャツのボタンを外しつつ和隆の身体をベッドへ横たえてまた首筋から鎖骨へ舌を這《は》わせていくと、和隆の肩が跳ねた。不思議なほど敏感で、乾いた唾液《だえき》の冷たさにさえ震えているんじゃないかと疑う。

……可愛《かわい》いんだね、とくちにはださずに、すこし笑いながら両手で和隆の髪を乱すように撫でて頬や唇の端や耳の裏に噛みついていたら、和隆は羞恥《しゅうち》に耐えかねたのか顔をそむけて右手の甲で目元を隠した。

「誰からも逃げないんじゃなかったっけ?」

「逃げて、ない」

「じゃあこっち見てよ」

「……やだ」

拒絶する唇が震えて、肌が紅潮している。

「矛盾してるね」

ならば、と服を強引に剝《は》いで胸を責め、ぅうっ、と思うさま喘《あえ》がせた。下唇を噛んで耐えて、耐えきれずに洩らす助けを請うような声に満足して、自分もシャツを脱ぐ。

「なんだろう。俺、こんなに凶暴だったかな」

「凶、ぼ、って、」

「貴方はいじめたくなるよ」

「なん、でだよ……っ」

「憎たらしくなるぐらい可愛いから？」

あ、言ってしまった。

「むかつく」

和隆が俺を睨んで、腰をくすぐってきた。「うわ」と驚いて払いのけようとしたものの、さすが体育会系、腕力がある。暴れているうちにふたりで転がって、笑い合った。

「危ないな、ベッドから落ちるだろ」

笑いながら抗議しても、和隆も目の前で笑うだけ。腰にまわっている和隆の腕が熱いのに反して、俺の身体はまだ若干冷めている。

「俺も光久に触りたい」

「ん？　……どうぞ？」

中途半端に晒した胸の中心に、和隆の右手が重なった。腕に引っかかっていた上着を脱いで身を擦り寄せたら、和隆はびくっと戦《おのの》く。

「どうしたの」

手を浮かせて停止している。

「……急に動くから驚いた」

すごい緊張っぷりだ。全身で強張《こわば》っている。

初々《ういうい》しいのね、と素早く両腕を掴み上げ、いま一度形勢逆転、組み敷いた。

「すきあり」

至近距離でにこりと笑んでやる。

「ず、るいぞ」

文句は言うが、顔は真っ赤だ。

「俺がリードしてあげた方がよさそうだ」

「そんなこと、ない」

「ほら、変な汗でてるよ」

「汗は、興奮して、」

「否定しないんだ。本当に可愛いね」

「からかうなってっ」

「いーから、大人しく俺に抱かれてなさい」

相手があからさまに怯《ひる》んで見つめ合っているときにキスができないのは、すこし不便かな。

和隆は正直さで人の心を射貫いて、万人に対する誠実さで嫉妬心を煽って、強さ故《ゆえ》の脆《もろ》さで母性本能をくすぐって、欲望にたじろぎながら強情はって誘惑してくる。そういう人だ。

「……いまここにいる貴方が、俺には必要なんだよ。わかる？」

過去も引っくるめて和隆のなにもかもが愛しかった。これは双方か、あるいはどちらかひとりが違う人生を歩んでいたなら芽生えなかった感情なんだと思うと、余計にこの存在が、魂が、尊い。

「俺も……光久じゃないと、駄目だったよ」

腕を束縛されていようとも、こちらの真剣な思いにこたえてくれるところがまた愛しい。朝までいくらでも身体中にくちづけてやろう、と考えて唇を寄せる。

俺のなかに生きる木生先輩ごと想ってくれる。それが俺の二度目の恋の条件だった。

「――幸一、お腹《なか》すいた」

ん……？

ベッドの上で寝返りをうった。遠くの方から話し声がしていて、腕で朝日を遮って目をこじ開けると、キッチンで和隆が携帯電話片手に立っている。

……幸一、って言ったか？

会話は、昨日歩いた海岸沿いの場所と、時間と、何度かの相槌《あいづち》が聞こえて終わった。

身体を起こしてベッドの縁に座り、煙草をとる。

「起きたの、光久。おはよう」

和隆が素知らぬ顔をして戻ってきた。

「一年ぶりの一声とは思えないね」

俺は煙草を咥えて火を灯《とも》し、和隆は横に腰をおろす。

「大丈夫。幸一には通じるよ」

「ふたりだけの合い言葉かなにか？」

「そんな感じかな」

鈍感なのか？　悪びれたようすもなく苦笑しているから、腕を引いてこっちをむかせた。

「この際だからはっきり言っておくけど、貴方は俺が嫉妬しない生き物だと思ってる？」

「え？」

「え？　じゃないでしょ」

驚いた表情をされた。

「俺がいま光久といるのがこたえじゃないの？　それに、会いに行けって言ってくれたのは光久じゃないか」

「こたえがでていようと嫉妬はするよ」

むっと和隆の目が据わる。

「……俺だって我慢してる。〝光久〟って呼んでいいのかわからないままなんだからな」

思いがけない変化球がきて、非道だとわかっていつつ噴きだしてしまった。案の定、和隆が俺の腕を叩いて怒る。怒られながら、俺は煙草を消して和隆の剝《む》きだしの肩に頭を乗せた。

「そうやってはぐらかし続けてる」

「声が照れてるよ。……かわいい、和隆」

「もうでかける」

立とうとした和隆の腰に両腕を絡めて引きとめた。崩れ落ちてきた身体を抱き竦めて耳に嚙みついたら、「うっ」と肩を竦めて赤くなってくれる。

「今度一緒にＤＶＤ観よう。和隆と一緒に観たい映画があるから」

「えい、が？」

「そう」

微笑みかけると、まだ不機嫌そうにしていた和隆が目を伏せた。

「……俺も観たい映画があるよ、光久と」

「本当に？　そこも同じか」

「同じかもしれないけど、……光久と観るのはまた違う」

後半がぼそぼそ聞きとりづらい小声だった。その唇に意識を捕らわれる。

「ねえ。光久の部屋に、この絵があるんだね。……夜の」

星だけの、と続けて和隆が壁に飾ってある絵を見上げた。

「そうだよ。俺はあの人の光だから」

――ヒカル。それがこの絵のタイトルだ。

闇しかないのにヒカルと名づけられた絵を、先輩は俺と会う前に描いていた。俺をヒカルと呼んでいた先輩の心の片隅には、いつもこの絵があったんじゃないだろうか。

「これからは貴方のことも照らしてあげるよ」

わかっていたのだ。俺だって、心に自分の存在を留めて生き続けてくれる誰かを見いださなければいけなかったことは。そしてやっと見つけた。

だから俺は光であり続ける。木生先輩に恥じないひとりの人間であるために。

「うん。……光久。今夜も会おう。それで、」

キスしよう、とまたぼそぼそ小声が続いた。

「聞こえなかったよ」

「うっ……いや、嘘だ」

俺を睨む和隆の頬を軽くつねってやって「痛い」と抗議されて笑ったら、和隆も笑った。

真っ白い日差しが眩しい。

また朝が始まる――。

あとがき

小説は夢を売るものだと思います。けれど誰もがさけてきた新しいことを書きたいと願うと賛同してくれる出版社が必要になり、結果として多くの読者の評価が要求される。そんななかで今作は文庫で発表したいという情熱を失えずにいた、わたしにとっての「夢」でした。確か五社には断られたと記憶しています。それでも諦めきれずにいた夢を、シャレードさんが叶えてくださいました。

作家の我が儘で本を作るだなんて、とても無謀で駄目な出版社だと思います。しかしこんなご時世に「一か八かやってみよう」と一緒に情熱を抱いてくださる、駄目で無謀で夢のある出版社に出会えたのは途方もなく幸運なことでした。たくさんご迷惑をおかけしましたが、お世話になった担当さま、他関係者の皆さまに心からお礼申しあげます。

ちなみに今作は数年前に雑誌コバルトに一章だけ掲載された作品で、挿絵も当時と同じ麻生ミツ晃先生にお願いいたしました。麻生先生の描く彼らに再会できた喜びは言葉にし尽くせません。ありがとうございました。

また、『ヒカル』には既刊『晴れの雨』の人物が登場します。今作だけで伝わるよう執筆しましたが、作品を通して伝えたかったことを描くために必要な人物でしたことを、ご理解いただければ幸いです。


本来、幸福は苦行を生きることだと思っています。幸一は槙野と暮らすようになるまで失恋も人の死も未経験でしたが、果たしてそれは幸福だったのでしょうか。辛い経験は、のちに自分が他人を救うために必要な試練だとは考えられないでしょうか。

恋でも趣味でも自分を掻き乱すものがある日々は幸せで、なににも関わらずにたったひとり空っぽの無感動でいることが、もっとも哀しい。

大切な人とともに生きようとするのは絶望的な幸福と付き合っていく覚悟をすることに違いありません。わたしが小説家になって書きたかったのはそういう愚かしくて幸福な恋愛とそこで得る奇跡で、だからこそ同性愛に捕らわれ続けています。

これはごくごくありふれた、なんのひねりも作為もない幸福な恋愛小説です。

朝丘　戻

あなたとひかる

CHARADE BUNKO

「幸一《こういち》は、同性愛が怖かったんだよ」

「怖い、か」

和隆《かずたか》が喉《のど》に飲み物を通すように、こくりと頷《うなず》く。ベッドで裸でむかい合って、俺の胸と胸の下にある鳩尾《みぞおち》の窪《くぼ》みをいじりながら。

「常識的で優しい。……俺は、散々振りまわした」

物憂げな顔をしているから、掌《てのひら》で耳ごと包んで頬《ほお》を撫《な》でてあげた。人はひとりで誰かを振りまわすことはできない。恋愛なら尚のこと。

「それは相手も迷った証拠でしょう？　幸一さんに意思があれば和隆に振りまわされることはなかったよね」

「だから優しいって言ってる」

「意思がないのと優しいのは違うと思うな。結果的に彼女まで被害を被《こうむ》ったんだから」

「元凶は俺だよ」

上目づかいで強く主張してきて、俺を睨《にら》んでいるつもりらしいが、どちらかというと色っぽく嫉妬心《しっとしん》を煽《あお》られているにすぎないな、これは。

「幸一さんが最初から〝同性愛は無理だ、彼女を愛してる〟って言っていれば、つまらない三角関係にはならなかったと思わない？　原因は彼にもあるよ」

「俺がいなければ幸一は幸せだった」

「ある意味ではね。彼女に対する愛情の不安定さに気づかないまま幸せでいられたのかな」

「光久《みつひさ》は意地が悪い」

「図星をつかれて怒るのは子どもだよ」

木生《ぼくせい》先輩から二股《ふたまた》男に対して厳しくご指導いただいた俺にとって、幸一さんは知れば知るほど容易に受《う》け容《い》れられる対象じゃなくなっていく。和隆を形成した過去が俺にも宝物であることにかわりはないが、個人の好みはべつだ。昔の自分を思い出して同族嫌悪の心地悪さまで過《よぎ》る。しかも金曜の夜にベッドで裸で密着して、朝まで一緒にいられる、と浮かれている俺に、貴方《あなた》のその哀《かな》しげな顔はないでしょう。

「幸一はみんな幸せにしようとして悩んでくれたんだよ」

また幸一さんを庇《かば》って自分を蔑《さげす》む。

「恋愛で博愛主義を語る偽善者は嫌いだな。虫ずが走る」

「光久、」

「俺は貴方を愛してるから、貴方が自分を責めれば責めるほど悪人にしたくなくて贔屓《ひいき》するよ。幸一さんに嫉妬してることも認める。俺に会うために必要な経験と時間を乗り越えてきた、それでいいでしょう？　……ほら、笑ってよ」

窪んだところを、ぐぐっと人差し指の先で押された。「いたたっ」と悶《もだ》えて和隆の手を摑《つか》み上げ、そのまま上に身体《からだ》を重ねて押さえつけてやったら、和隆は「やめろ」と抵抗した。

「やめないよ」

首筋を吸う。和隆は喘《あえ》ぎ声と笑い声を「ンっ……ふっ、はは っ」と一緒くたにして、敏感に身体を強張《こわば》らせる。俺も「色っぽいんだかなんだかわからないな」と笑って愛撫《あいぶ》を続けた。よかった笑ってくれた、と安堵《あんど》する。先日幸一さんに会ったせいで揺れてるんじゃないかと、多少は心配だったから。

「好きだよ和隆」

和隆も言いなさい、と逃げ場を塞《ふさ》ぐように顔を寄せて、両手で頰を包む。照れて紅潮する和隆は、目を瞑《つぶ》ることで俺から逃げて、喉の奥で笑っている。

「キスしちゃうよ……?」

頰にくちづけながら返事を待って、俺はしつこく甘く追い詰める。

水曜日の午後、はやめに仕事が終わった。まだ働いているであろう和隆に『仕事が終わったからいまから行くよ』とメールを送り〝数時間だけゴゴと遊んで夜は和隆の部屋で夕飯をとろう〟と計画して車を運転する。ところが届いたのは『ちょっと困る』という返事。

——『どうして？』

——『幸一が奥さんときてるから』

ほう……。

イヤフォンマイクを右耳につけて電話した。応答があってすぐ問いかける。

「なにが困るの？　三人で話したいことがあるの？　それともふたりきりで？」

『そうやって光久が幸一を執拗《しつよう》にいじめそうだから』

俺かよ。

「分別はあるよ。それに痛いと思うならそれは本人にうしろめたさがあるからだよね。俺がなにか言うと幸一さんは傷つくんだ？　結婚して幸せなはずなのに？　おかしいな」

『幸一は幸せそうだよ』

「じゃあうしろめたいのは和隆？　俺を紹介できないうしろめたさがなにか説明してもらおうか」

『俺も幸せだ。でもそれを見せつけるような悪趣味なことをする必要もないし、くるな』

猫の鳴き声が聞こえてきて、そこに和隆の溜息《ためいき》がまざる。

冗談じゃない、と思う。

「でも貴方はいまひとりでしょう。貴方が見せつけられているのを、俺に耐えろって？」

『べつに辛《つら》くないよ』

「ばかだね。そもそも見せつけるとか見せつけないとか考えてる時点で幸せボケしてる」

『わかってるよ。ふたりといても俺は光久のことしか考えてないから、波風立てるなって言ってるんだろ』

「信頼されてないな」

『このあいだも幸一を責めてたし、紹介したら余計なこと言いそうだ』

まったく失礼な話だ。

けど俺も客なんだから、拒絶に応じる必要はない。いい機会だから人づてでしか知らない幸一さんがどんな人間か——貴方が数ヶ月同居して想《おも》い続けた男がどんな魅力的な人物か、教えてもらおうじゃないか。

「俺がいじめて楽しいのは貴方だけだよ」

『なら絶対くるな』

「十分で行く」

『ばかっ』


猫カフェに着いて店内に入って行くと、幸一さんと奥さんっぽいふたりは一目でわかった。和隆が接客しているし、年格好から判断しても間違いないだろう。

「和隆」と、大きな声で呼びかけたら、和隆や奥さんより一瞬はやく、幸一さんらしき男が振り返った。……ほら、ビンゴ。

「光久っ」

目をつり上げてすっくと立ち上がった和隆が、猫を抱いたまま俺に迫ってくる。頭突きされるんじゃ、と疑うぐらい近距離にきて小声で抗議してきた。

「……わざと名前で呼んだな」

「わざと？　ここでは呼び方まで変えなくちゃいけないんですか、かずちゃん」

「大人しくしてろっ」

「普通にしてるよ」

ふうん……幸一さんは和隆を名前で〝呼ばなかった〟か、あるいは〝呼べなかった〟わけか。幸一さんも和隆も、いちいち反応が正直だ。

俺たちを見て複雑そうにしていた幸一さんと奥さんに、和隆が俺を紹介してくれた。

「如月《きさらぎ》光久さん。出版社に勤めてる人だよ」

「どうも、親しくさせてもっています」

幸一さんはすこし動揺しながら笑顔を繕う。

「……えっと、初めまして。槇野《まきの》さんの後輩の、加藤《かとう》幸一です。こっちは妻の久美《ひさみ》」

促された奥さんが「久美です、よろしくお願いします」とぺこんと頭を下げる。

ふたりは俺や和隆より小柄で、どこからどう見ても若くて初々しい夫婦だった。奥さんは猫を抱いて嬉《うれ》しそうに幸一さんに笑いかけ、幸一さんも微笑《ほほえ》み返す。

「如月さんは、先ぱ……槇野さんと、ここでお知り合いに?」

「ええ、そうですよ。俺の仕事に和隆が興味を持ってくれて、プライベートでもすこし」

「そうなんですか……」

それから、彼は和隆にも微笑みかけた。

「先輩とも久々に会えたし、うちは猫が飼えないから久美も喜んでて、きてよかったなって話してたんです」

「いつでもおいで」

和隆もこたえる。電話で『辛くない』と言ったのは真実だったんだと笑顔から直感した。消えない罪悪はあれど、和隆も幸一さんも奥さんも、乗り越えたんだと伝わる空気がある。

……心配する必要ないじゃないか、と酷《ひど》い拒絶に遭ったことも理不尽に思いつつ、俺は二言三言会話を交わしたあとは「カフェで休んでますね」と席を外した。

梶本《かじもと》さんにアイスティーをお願いして、椅子《いす》に座る。ガラス張りの壁越しに日が暮れていく道路を眺めていて、煙草《たばこ》を吸えないのが辛いなあと思う。そろそろ禁煙するべきか。

「……如月さん、隣、いいですか」

しばらく寛《くつろ》いでいたら、幸一さんがやってきた。いささか驚いたものの「いいですよ」と応じると、彼もアイスティーを頼んで息をつく。話したい事柄はだいたい察しがつくので、

幸一さんから発言するのを待っていたら、

「先輩と、その……お付き合い、なさってるんですよね」

と、ストレートにきた。

「ええ」

短く認めたら、「そっか、うん……やっぱりな」と後頭部を掻《か》いて苦笑いする。

「あの……先輩のこと、よろしくお願いします」

「どういう意味？」

「いや、食事とか服とか生活面も心配なんですけど、同性愛だと、その……いろいろ大変なこともあるでしょうから」

幸一は同性愛が怖かったんだよ、と和隆は言っていたが、差別する人間はきっぱり優劣をつけている。上から目線だな、と若干不愉快だった。この感覚に和隆が苦しんだのか、と思えば余計に。

「同性愛に未来がないと思うのはキミの主観でしょう」

「そう、ですかね」

「異性愛なら幸せが保証されてるのかな。奥さんはキミに一度も不満を言ったことがない？」

「それは……」

「確かに日本じゃ法律で認めてくれないけど、そのぶんこっちの覚悟は強いんだよ。俺たちの未来は常識がつくってくれないかわりに、俺たちがつくっていく」

幸一さんは目を剝《む》いて長いこと間をつくったあと「……はい」と項垂《うなだ》れるように頷いた。

「悔しい?」

訊《き》いてみるが、返答がほしいわけじゃないのでたたみかける。

「駄目だよ、不倫なんてふざけた真似《まね》したら」

唇を緩く結んで黙していた幸一さんが、「……いえ」と俺を見返してきた。

「俺には、如月さんの言う覚悟がなかったんだなって反省したんです。……いま先輩は幸せそうで、それは如月さんがいるからなんだって今日わかって、よかったです」

失礼なこと言ってすみませんでした、と頭を下げられた。その髪が日差しに透けている。

そのまま、彼は数秒間頭を上げなかった。じっと静止して、床を見つめて、なにを思っているのか。……幸一さんがした覚悟は別れの覚悟だった、そう思った。相手が他人のものになる未来も受け容れられる。相手の新しい幸せを、心から祝う。絆《きずな》だけで繫《つな》がる覚悟。

「こちらこそありがとう。おかげで俺は運命の人に会えたよ」

やっと顔を上げた彼ははにかんで、照れたような切なげな、泣きそうな笑顔を広げていた。柔らかく、幸せそうに。

加藤夫婦は夕刻前に帰って行って、俺も和隆が仕事を終えるとドライブに誘った。

「ふたりきりでカフェにいたとき、なに話してたんだよ」

助手席に座る和隆は、若干ご立腹だ。

「約束通り〝普通〟にしてたよ」

「〝大人しく〟しろって言ったのに」

まあまあ、と宥《なだ》めて苦笑した。

「幸一さん、貴方のことよろしくってさ。思ってたよりいい男だったよ。貴方の影響かな。俺は貴方のことをちゃんと繋ぎとめておかないとね」

煙草を咥《くわ》える俺を、和隆がなにか言いたげに見つめている。運転中一方的に自由に凝視されていると、狡《ずる》いなと近頃思わされる。俺も貴方を見ていたい。

「……光久は、俺を信じてないの」

おずおずと可愛《かわい》いことを言う。

「ばかだね。こういう場合信じてないのは自分でしょ。貴方に好いていてもらえるぐらい魅力的かどうか不安なんだよ」

心なしか目力が強くなった気がする。視線だけむけて盗み見ると、赤くなっていた。

「大丈夫だよ。こんなにいじわるいと思ってなかったけど、光久は俺にとっても光だよ」

〝も〟か……抱き締めたいな、いますぐ。どこにも逃げて行かないように。

「嬉《うれ》しいけど一言多い。いじめたい気持ちにさせてるのは貴方だって言ってるじゃない。俺すら自覚してなかった本性を暴いたのは貴方」

「むちゃくちゃ言うな」

「そうやって反論しながら赤面したりするから、むちゃくちゃにしたくなるんでしょ」

「赤面してないだろ」

「してるよ」

「してない」

「吠えれば吠えるほど可愛いよ。誘惑してるの？」

そっぽをむいて顔を隠すから噴いてしまう。愛《いと》しくて可愛くて、胸が熱いったら。

別れの覚悟なんて、俺には到底できそうにないな。失って得るものがあるというのは嫌というほどわかっていても、せめてあともうすこし時間がほしい。……傍《そば》で生きていてほしい。

和隆の膝《ひざ》に手をおいて、そうっと擦《さす》る。そして振りむいた瞬間の表情を想像しながら、優しく囁《ささや》いた。

「貴方も俺の光だよ、かずちゃん」

「……ばか」

『カラスとの過ごし方』
『ヒカル』
『あなたとひかる』
書き下ろし
（「透明な彼女と孤独なカラス」のみ雑誌コバルト『カラスとの過ごし方』
2006年10月号掲載分に大幅加筆修正）

朝丘戻先生、麻生ミツ晃先生へのお便り、
本作品に関するご意見、ご感想などは
〒101-8405
東京都千代田区三崎町2-18-11
二見書房　シャレード文庫
「カラスとの過ごし方」係まで。

CHARADE BUNKO

カラスとの過《す》ごし方《かた》

【著者】朝丘 戻《あさおかもどる》

【発行所】株式会社二見書房
東京都千代田区三崎町2-18-11
電話　03(3515)2311[営業]
　　　03(3515)2314[編集]
振替　00170-4-2639
【印刷】株式会社堀内印刷所
【製本】ナショナル製本協同組合

落丁・乱丁本はお取り替えいたします。
定価は、カバーに表示してあります。

ISBN978-4-576-12172-7

http://charade.futami.co.jp/

CHARADE BUNKO

スタイリッシュ&スウィートな男たちの恋満載

海野 幸の本

貴方がずっと、ここにいてくれればいいのに……!

極道幼稚園

イラスト=小椋ムク

ひかりの勤める幼稚園にヤクザが立ち退きを要求してきた。断固戦う姿勢のひかりをヤクザの若社長・瑚條は気に入り毎日口説きにやってくる。ひかりの身の上話に耳を傾けてくれる瑚條に心揺れるひかり。しかしある日、園児を庇って怪我をした瑚條が記憶喪失&幼児退行というまさかの事態が勃発――!?